editora Urutau

rua maestro demétrio kipman, 210,
jardim américa, bragança paulista — sp,
12902-130, brasil

avenida peirao besada, 6 - 2D
36163 poio-pontevedra
(espanha)

[+34] 644 951 354 [espanha]
[+55] 11 9 4859 2 426 [brasil]

www.editoraurutau.com.br
contato@editoraurutau.com.br

[EDITORA]
debora ribeiro rendelli
[REVISÃO]
juliana palermo
[COORDENADOR GRÁFICO]
tiago fabris rendelli
[PROJETO GRÁFICO]
wladimir vaz
[CAPA E DIAGRAMAÇÃO]
victor prado

dados internacionais de catalogação na publicação (CIP) de acordo com ISBD

toscano, frederico

T613r o rinoceronte na parede / frederico toscano. bragança paulista, sp: editora urutau, 2021. 200 p. ; 13 x 19cm.

ISBN 978-65-5900-136-1

1. literatura brasileira. 2. contos. 3. prosa. I. título.

CDD 869.8992

2021-3131 CDU 821.134.3(81)

elaborado por vagner rodolfo da silva - CRB-8/9410

O RINOCERONTE NA PAREDE

FREDERICO TOSCANO

[primeira edição]
URUTAU
agosto de 2021

sumário

[prefácio]
Contos de um historiador insólito

Quais situações seriam capazes de te deixar espantado? E o que te levaria a ficar intrigado, ou mesmo com medo? A coleção de contos que você está prestes a conhecer vai te pegar pela mão e te levar a um passeio por essas e outras sensações desconfortáveis, porém sedutoras. Prepare-se para este carrossel de narrativas insólitas, uma sequência de histórias capaz de nos transportar a lugares e épocas muito além da nossa vivência cotidiana.

São universos pequenos e infinitos criados pela escrita de Frederico Toscano. Um arquiteto de mundos paralelos nascidos da fina tessitura de frases milimetricamente construídas, compostas de palavras incomuns e, ao mesmo tempo, claras o suficiente para capturar a plena atenção do leitor. A realidade comezinha é o ponto de partida de cada trama — das limitadas residências da classe média urbana aos espaços amplos dos povoados rurais. Mas sempre a monotonia desses lugares é quebrada por ocorrências que desafiam a análise racional, que rasgam qualquer certeza de normalidade baseada na lógica cartesiana.

Há que se perguntar como a literatura de Toscano — um acadêmico forjado na disciplina metódica do estudo da História, habituado a investigações de datas e fatos, costumes e movimentos sociais, preocupado com a mais fiel análise do passado — apresenta tamanha desenvoltura ao lidar com a elaboração do fantástico enquanto criação artística.

Mas, na sua simplicidade ao falar do próprio trabalho, o autor nos fornece a pista mais esclarecedora: em paralelo ao afinco aplicado nos estudos das ciências sociais, reservou momentos generosos à paixão pelas obras dos maiores autores dos campos do horror, da fantasia e da ficção científica.

E é maduro como criador que Frederico Toscano chega a este segundo livro de contos. Habilidoso no manejo das ferramentas necessárias para esculpir histórias plenas de um encantamento perturbador e, ainda sim, envolvente. Então vá em frente nessa jornada. Por certo você será tomado pelo espanto, ficará intrigado e, em algumas ocasiões, se tornará refém do medo — mesmo que seja um pavor ficcional. Mas garanto que não se arrependerá ao dar uma volta neste carrossel de narrativas insólitas.

Roberto Beltrão

Recife, junho de 2021

[agradecimentos]

Há algo de catártico em se compor os agradecimentos de uma obra literária. De certa forma, esse momento de reconhecimento é o girar de uma chave, indicando que o livro não apenas está pronto, como de fato (e talvez contra as probabilidades) existe. E, imagina-se, está neste exato momento nas mãos de um leitor, que talvez deva ser, portanto, o primeiro da lista de agradecimentos, sem o qual esta obra, ao fim e ao cabo, não teria razão de existir. Portanto obrigado, e, antes de virar a página para a primeira história, peço (mais) paciência para algumas explicações.

As histórias desta coletânea de horror e fantasia foram escritas ao longo de anos e reunidas sob o título O Rinoceronte na Parede, que é a terceira narrativa deste livro. Ao menos um dos contos já foi publicado, o segundo deste volume, "WWW". Ele foi um dos finalistas do I Concurso de Flash Fiction da Editora Rocket, em 2021, e agradeço à editora Cláudia Lemes pelo reconhecimento e pela seleção. Finalmente, a primeira história deste livro, "Curva de Rio", traz uma canção cuja gênese merece ser elucidada. Eu a compus a partir do artigo "A Feminilidade das Lavadeiras do Vale do Jequitinhonha", da pesquisadora e pedagoga Làzara

Aparecida Andrade dos Santos, a quem sou grato pelo belo trabalho realizado, trazendo à tona as dores, os amores e as vozes das lavadeiras em sua dura lida diária.

Agradeço ainda a Roberto Beltrão de Melo, Camilla Inojosa, André Balaio, João Paulo Parísio, Márcio Benjamim, Marcello Trigo, Cristhiano Aguiar e Oscar Nestarez, cujas palavras, no papel ou não, me abrem as portas do fantástico, do terrível e, principalmente, da amizade. E um agradecimento final à Editora Urutau, por ter apostado na publicação dessas pequenas histórias estranhas.

Frederico Toscano

Curva de rio

O rio levava embora a espuma das roupas, que ondulavam na água como animais marinhos, estranhos e coloridos. A esses bichos de pano se agarravam as mãos das mulheres, tangendo-os com delicadeza, como quem dá banho em menino novo. Já outras bufavam, mangas arregaçadas enquanto davam pisas em calças e blusas, jogando-as contra as pedras da margem, feito quem dá corretivo em menino treloso. Gorete não fazia nem uma coisa nem outra. Com vagar, dissolvia o anil na bacia de latão amassada pelo uso, as peças brancas em uma pilha paciente ao seu lado. Olhou só por olhar o movimento daquela curva de rio, a mesma que via todos os dias. Mulheres de lenços na cabeça a esconder os cachos crespos, anfíbias, metade à água, metade à terra. Uma quase-menina lavava roupas e os filhos, que corriam nus pela beira. Junto dela, uma velha cachimbava e contava calçolas, distraída. Mais à frente, um grupo torcia lençóis e esticava histórias, rindo de alguma safadeza boa. Já outras, lépidas, estendiam as roupas nos varais de pau e cordão, dividindo o trabalho com o sol e o vento. Algumas, mais afastadas, olhavam-se cúmplices e ensaboavam-se, feito fariam marido e esposa, e ninguém ali diria um ai.

Gorete olhou ao redor e para si. Para a chita barata que vestia, tão diferente do linho fino que esfregava com cuidado entre os dedos manchados de alvejante. Suspirou para ninguém e tornou a lavar, o silêncio levando a cabeça para longe dali. Deixou as peças quarando sob o sol da manhã e se despediu das companheiras, sabendo que encontraria a maioria depois do almoço, naquele mesmo lugar. Caminhou pelo mato até o mocambo onde se espalhavam os filhos, a mais velha sem nem peito para fazer volume na blusa e já levando o mais novo nos braços finos. Os outros quatro corriam em volta do barraco, metiam-se por entre as galinhas, a perseguir uns aos outros, batendo e apanhando, chorando e esperneando, por vezes de birra, quase sempre de fome. Fez comida e deu de comer, limpou o que pôde, pôs ordem na casa e nas crianças, remendou roupas, ninou o bebê, atirou milho às galinhas, catou feijão, sentou-se. Ergueu-se logo em seguida ao som do marido chegando, enxada no ombro. Serviu o almoço e só se lembrou da própria fome quando ele havia terminado. O homem voltou à roça, e Gorete deteve-se a olhar uma trouxa pequena e puída, jogada em um canto da sala. Partiu para a curva do rio.

Atravessou os campos, dezenas e dezenas de roupas tremulando nos varais, como bandeiras marcando as fronteiras de um país de mulheres. Adentrou aquela Temiscira negra, sombreada de coqueiros e bananeiras, como quem viaja e volta para casa. Cumprimentou uma e outra, sentindo os pés doloridos da caminhada, e acocorou-se junto à tina. No horizonte arrastavam-se carros de boi, seus condutores lançando olhares longos para as lavadeiras. De quando em quando, um deles chegava mais perto, sob o pretexto de pedir uma informação ou um copo d'água. Sabiam todas que o que buscavam era um vislumbre de braços desnudos, mangas arregaçadas para a lida no rio. Uma nesga de saias levantadas, evitando o barro das margens e oferecendo canelas e coxas. Uma entrevisão de blusas molhadas, o tecido fino um véu diáfano, quase a revelar os seios. Aí sublevavam-se, marciais, Tejucupapo rediviva. Não foram poucos os que levaram carreira das mulheres, armadas de pedras e pedaços de pau. Os invasores tropeçavam nos próprios pés enquanto fugiam, chamando nomes feios e esquecendo ameaças pelo caminho, sem ousar enfrentar a turba.

Mas sempre havia uma que dizia ter encontrado um moço arrumado, mais educado e conversador, diferente dos outros. Que lhe fazia proposta boa. Assim iam passear pelo campo, ele jamais retornando, ela voltando sorridente e satisfeita. E seguia a risadagem, os desafios, a maledicência, o dou-duvida. Gorete sorriu um sorriso cansado enquanto olhava para a ponta distante da curva do rio. Viu uma colega caminhando para longe, sozinha e sem olhar para trás. Prestou atenção. A mulher se afastou, sem dar aviso às outras. Andou e andou, adentrando o rio com vagar. Gorete achou que alguém se aproximara dela, uma figura escura e alta, mas o sol ofuscou suas vistas. Quando voltou a enxergar, não havia mais ninguém ali.

***

O marido recomendou cuidado, que andou escutando histórias na lavoura, os homens acocorados entre os roletes de cana a enrolar seus cigarros. Negro d'água era bicho que dava mais no São Francisco, mas quem haveria de dizer que um não houvesse nadado para aquela curva de rio? Ora, a mulher sabia, já lhe havia contado mais de uma vez a história do primo que pescava naquelas águas de sertão. Uma hora atirava sua rede às ondas pintadas de dourado, mascando fumo; noutra a jangada já seguia sozinha, pilotada pela correnteza. Só encontraram o samburá vazio, sem nem um piau ou um surubim de testemunha. E a garrafa de cachaça pela metade, a mesma que ele trazia em oferenda todos os dias, caso encontrasse a criatura. De nada adiantou. Gorete escutava e baixava a cabeça, entre obediente e incrédula. Despediu-se do marido e de suas recomendações, pondo-se a cuidar da casa e dos meninos. Olhou para a trouxa no canto, para as suas próprias roupas que nunca encontrava tempo de lavar. Deu-lhe as costas, aconselhou a mais velha, beijou distraída os outros filhos e partiu para o rio.

As mulheres agora se juntavam sobre a relva ribeirinha, aconchegando-se umas às outras em busca de segurança. Antes, nadavam nuas ao fim da labuta, lavando pescoços, axilas e virilhas com as mesmas barras de sabão de coco que esfregavam nas roupas das clientes. Agora, olhavam para as margens com suspeita, permitindo que a água as engolisse apenas até o meio da canela, tão raso que nem os pitus se achegavam. Não se escutavam mais as risadas das crianças, e aquele silêncio pesava. Uma das lavadeiras danou-se a cantar, a voz gasguita pela idade, mas forte, enquanto brigava com uma mancha. Uma outra acompanhou os versos, e então mais outra, e logo todas espantavam o medo com a cantiga.

Eu tirei minha aliança
Botei na ponta da mesa
Quem quiser casar comigo
Não repare na pobreza
Lavadeira, lavadeira
Cante a ele a tua dor
Leva à beira, leva à beira
Uma prenda ao teu amor
Não quero que ninguém saiba
Que eu tenho amor escondido
Não encosta na parede
Que a parede tem ouvido
Lavadeira, lavadeira
Cante a ele a tua dor
Leva à beira, leva à beira
Uma prenda ao teu amor
Se eu soubesse o que tu era
Quem tu haverás de ser
Não dava o meu coração
Pra depois eu padecer
Lavadeira, lavadeira
Cante a ele a tua dor

Leva à beira, leva à beira
Uma prenda ao teu amor
Procurando apego ao longe
Que o de perto eu já perdi
Só me resta a roupa velha
Do amor que já vivi

Gorete cantarolava junto à água, as mãos na bacia e a cabeça na casa, no homem, nos meninos, nas coisas da vida. Dessas, quase nenhuma boa, e que Deus perdoasse aquele pensamento. Doíam suas pernas e as costas de carregar peso, os ombros e os dedos de tanto esfregar roupas, e os olhos e o nariz de chorar à noite. Piscou, sem querer dar trela aos pensamentos, e, de tão distraída, mal escutou as mulheres gritando. Ergueu o rosto suado e viu que uma das mais novas chorava e apontava para a água junto de si. Gorete sentiu o ribombar no peito e tomou coragem para olhar o rio.

Junto de si corria um vestido alvo, trazido pela correnteza. Ondulava por entre as pedras feito cobra d'água em fuga, por vezes detendo-se aqui e ali em um galho ou raiz, para logo depois escapar e seguir carreira. As mulheres gritavam e nenhuma delas mais do que a lavadeira jovem, as mãos pequenas cobrindo a boca e o choro. Dizia que era a roupa preferida da patroa, comprada no estrangeiro, que, se a perdesse, perderia também o serviço. Para os filhos faltaria leite, para o marido sobraria zanga, e a menina chamava por Jesus e pelos santos que a acudissem. Gorete largou a tina e desembestou atrás da peça, metendo-se rio adentro.

O vestido ensaboado era como um muçum alvo, escapando dos dedos, escorregando das mãos. Chapinhou por entre as plantas que boiavam na superfície, a roupa querendo ir embora, e Gorete afundando cada vez mais na água, que já lambia suas ancas. Havia corrido tanto que os gritos das mulheres agora chegavam baixos nos ouvidos.

O rio se alargava e aprofundava, e Gorete sentiu que, se não resgatasse o vestido agora, ela mesma é que seria arrastada torrente abaixo. Quando os pés já flutuavam sobre a lama mole do leito, agarrou um tronco e esticou-se, trazendo a roupa entre o polegar e o indicador. Virou-se para exibir o troféu às amigas e o sorriso morreu em seus lábios. Com os olhos cheios de água doce, enxergou uma silhueta turva e escura a lhe espreitar, tão próxima que a abraçaria num pulo. Piscou e balançou a cabeça, esfregando as pálpebras com os ombros. Estava só, o vento trazendo as risadas e suspiros aliviados das colegas. Entregou o vestido e escutou os agradecimentos e bênçãos, olhando ao redor, procurando não sabia bem o quê. Voltou à bacia e ao sabão, ainda com aquela figura alta e borrada na cabeça. Esfregou e esfregou, até tirar a mancha da ceroula e apagar a imagem da mente. Retornou para casa e permitiu que os aperreios domésticos a fizessem esquecer.

***

Já havia visto um, dizia a velha, ali pelas bandas do Una. Alto e ossudo, um tanto encurvado, caminhando desengonçado pela areia fofa da beira do rio. As escamas faiscaram esmeraldinas sob o sol da manhã, e ele saltou para a água, sem sequer fazer onda. O avô dela, menino ainda, costumava encontrar muitos nos braços de rio menos navegados, espichados sobre as pedras e esquentando o sangue frio como calangos. Ele e um amigo tinham tentado se aproximar sorrateiros e cortar uma das garras do bicho. Assim encantado, haveria de conceder aos dois rapazes tudo o que lhes passasse pelos corações. Mas os bichos se fizeram cientes da presença deles e dos punhais que cada um trazia. Mergulharam no rio, não sem antes se vingarem da arapuca. De pouca valia foram as lâminas de puro aço, que se dizia espantar espírito ruim e fechar o corpo. O avô ganhara uma cicatriz no peito, o amigo perdera a vida. Negro d'água é bicho arisco, dizia a velha, enfiando mais fumo no cachimbo e acendendo com um fósforo. Parece peixe, mas não é. Parece homem, mas não é. Mas que tivesse preferência por menina nova, disso não sabia, mas resolveu que tinha lá sua lógica. Melhor do que uma velha feito ela, de cabelos brancos e bucho arriado. Sorriu um sorriso banguela e seguiu pitando, curvada sobre a sua bacia.

Gorete levantou e arrumou sua trouxa. Voltou para casa, roupas e pensamentos pesando a cabeça. A distração dos últimos dias lhe entregara uma casa desordenada e filhos desgovernados. O marido, enfadado, dizia que não era para aquilo que quebrava as costas no canavial. E Gorete se encolhia, esquentando carvão no fogareiro e enfiando as brasas no ferro. Passava as roupas na tábua e repassava os acontecimentos no juízo. Mais duas haviam sumido e os homens falavam em caçar o bicho à noite, enquanto ele dormia distraído. Mas e de dia, que era quando ele atacava? Eles não podiam deixar a lavoura. E elas não podiam largar a lavagem de roupa. E assim ficava tudo como estava. Gorete pensou nas colegas desaparecidas. Em Isaura, amancebada com um homem ruim que só ele mesmo. Em Josefa, juntada com um inútil. Em Neide, amigada com um doente acamado. Em Judite, casada com um morto nas calças. Balançou a cabeça e dobrou as peças engomadas, arrumando as pilhas em uma trouxa. A sua continuava esquecida no canto da casa, roupas que não sabia mais nem se ainda lhe cabiam. Partiu.

Caminhou e caminhou, pegou carona em um carro de boi e chegou na casa da cliente. Ela elogiou o trabalho e queixou-se do valor. Como estava não havia condições. Gorete baixou a cabeça e o preço junto com ela. Voltou para casa com a bolsa leve e a alma pesada. A filha mais velha, pano na cabeça, era um fantasma de si mesma, já não sabia de quantos anos atrás. Preparava o comer, dava banho nos irmãos, perdia o viço diante dos seus olhos. À noite, o marido estendeu o lençol na entrada do quarto e a procurou na cama. Não passou cinco minutos resfolegando feito bicho entre suas pernas até estremecer. Antes de cair no sono, falou que queria dela mais um bucho, pois a lida na lavoura era dura e aquela família precisava de braços. Gorete virou de lado e chorou baixinho. Chorou por si e por aquela vida que lhe pesava nos ombros, que a afogava no seco, até chegar a uma decisão. Pôs-se de pé e a trabalhar, o ronco do homem a abafar seus passos. Despediu-se do mocambo miserável sem saudade, do marido com alívio, dos filhos com uma dor que lhe rasgava as entranhas, de todos eles em silêncio. Deixou a casa e tudo o que havia sido seu, rumando em direção à curva do rio. De bagagem, apenas a pequena trouxa de roupas antigas.

Parou pouco antes de chegar à beira, a madrugada já querendo dar lugar ao amanhecer. No céu, onde ainda teimavam algumas estrelas, surgia agora uma luz natimorta. Tirou o velho vestido de chita e se examinou. Passou as mãos calejadas pelas canelas mordidas de sanguessugas, as coxas que anunciavam varizes e os seios que já apontavam para o chão. Nem bem trinta anos e sabia-se uma velha. Os dedos passearam pelo ventre deformado pelos buchos sucessivos, intermináveis, inexoráveis, como sua mãe a havia prevenido. Estremeceu com a brisa matutina e colocou o vestido. Acostumada à honestidade de Gorete, a patroa não havia contado as peças da última trouxa. Nunca havia sentido pano tão macio contra a pele curtida de sol, e viu que a roupa acentuava seus quadris e inchava o peito. Parecia que remoçava. Parou de se olhar no espelho da água quando ouviu um barulho não muito longe dali. Sentiu um calafrio, mas não sabia dizer se era de medo. Detrás de uma árvore ele surgiu, escuro contra o amanhecer que despontava às suas costas. Parou por um momento em silêncio e então abriu os braços musculosos. Gorete sorriu um sorriso antigo, quase esquecido.

Foi até ele.

WWW

Custava a lembrar em que momento havia começado a se tornar uma aranha. Tinha sido antes dos pelos dos antebraços se enrijecerem em ferrões negros e quitinosos, disso tinha certeza. Antes dos olhos bulbosos e escuros começarem a brotar em padrão de colmeia em seu rosto, flores desabrochando em pétalas arregaladas. Muito antes dos caroços que lhe surgiram nos flancos, doloridos e inflamados, a se romperem em patas através da pele esgarçada, crescendo a cada dia enquanto suas pernas murchavam e se recolhiam junto ao corpo, atrofiadas e inúteis. Era um homem, antes.

E, mesmo então, o mundo das pessoas pouco o interessara. Nele existia pela inconveniência do viver, que o sujeitava à companhia dos semelhantes. Evitava sempre que podia. Afligia-lhe o cotidiano daquela cidade, dividindo espaços, ares, cheiros, toques, palavras e olhares com estranhos. Os colegas do escritório eram pouco melhores, e agradeceu quando passou a trabalhar do seu próprio apartamento. Não precisava de mais que o seu computador e a antena que lançava suas teias invisíveis pelo mundo todo. Na sua mente, enxergava-as prateadas, iridescentes, fontes de dados que jorravam de cada prédio em direção à escuridão carregada de nuvens. Rastejava por elas, sentindo cada fio, tencionando-os, tecendo padrões geométricos em algoritmos informáticos. E assim se ligava a outros como ele.

Não era ainda uma aranha, mas também não era si mesmo. Naquela teia digital, possuía outros nomes e rostos, tantas vidas quantas quisesse, e uma história para cada uma delas. Virtualizava-se em mundos que se espalhavam muito além dos limites do seu apartamento, onde o sol brilhava sobre colinas verdejantes, e estranhas criaturas vagavam pelas planícies. Era homem e mulher, elfo e anão, guerreiro e mago, herói e vilão. Pilotava naves espaciais em guerras estelares e saltava sobre prédios em roubos audaciosos. Comandava legiões e sentava-se em conselhos, sussurrando no ouvido de reis medievos e tramando a queda de imperatrizes alienígenas. E como ele havia muitos outros, tecendo as próprias teias, tão reais para si quando aquelas que agora se espalhavam por suas próprias casas.

Ele havia começado a percebê-las nos cantos escuros do seu apartamento, véus cinzentos sobre as prateleiras mais altas, mortalhas diáfanas entre os armários da cozinha. Mas não via as aranhas que deveriam tê-las arquitetado. No começo, arrancava-as das paredes em gestos cansados; logo passou a ignorá-las, mesmo quando começaram a cobrir os móveis, fazendo-se de lençóis para a cama, acortinando as janelas. Eram macias ao toque, acalmando o corpo que mudava aos poucos. O ventre que inchava como uma pústula, neoplásico, varizes escuras desenhando-se na pele esticada. As amígdalas que se mutavam em bolsas de veneno, o amargor a lhe queimar a garganta a todos os momentos. A dor insuportável nas mandíbulas que se retorciam em quelíceras, estalando nervosamente frente à boca agora banguela, acúleos e pinças irrompendo das gengivas. E, quanto mais se transformava, mais se ensimesmava. Não saía de casa, pois ainda possuía dedos para teclar.

Trabalhava, calculando números sem sentido para empresas cujo nome já não conseguia lembrar. O alimento chegava pela madrugada, depositado na sua soleira por motoqueiros sonolentos. Passou a regurgitar sobre hambúrgueres e batatas fritas o suco digestivo que se avolumava na garganta ao cheiro da comida. Sorvia o líquido pastoso com sofreguidão, mas o sabor não lhe sabia bem. Só entendeu que o corpo desejava algo vivo quando o primeiro passarinho invadiu o apartamento e piou, desesperado, ao se ver preso na teia. Sentiu então que os fios lhe pertenciam, expelidos durante o sono curto e agitado que experimentava durante o dia. Era quando se encolhia nas quinas dos cômodos, membros junto ao corpo, preso à parede ou ao teto, por onde rastejava desenvolto. Gostava daquela inversão, cadeiras suspensas no ar, lâmpadas projetando-se do assoalho.

Continuava sendo outros além da tela do computador, mas cada vez menos. Tudo o que lhe interessava agora eram as teias, e aquilo que a elas se prendia. Os pássaros magros logo deixaram de o satisfazer, e o homem que ainda havia nele hesitou antes de tomar a decisão. Naquela madrugada, uma voz rouca pela falta de uso pediu para que o entregador entrasse com o pedido em vez de pousá-lo no tapete, como de hábito. O homem abriu a porta, hesitante, estranhando a luz mortiça que se filtrava pelo que pareciam tecidos a esvoaçar suavemente com a brisa noturna. Talvez tenha percebido, em um átimo de compreensão instintiva, que estava perdido. Não conseguiu voltar-se para fugir antes de ser erguido ao teto. Silenciado pelo veneno, pendia molemente da teia qual mamulengo. Observava com olhos arregalados e um grito preso na garganta enquanto a aranha lhe dissolvia braços e pernas, refestelando-se em sua carne.

Assim permaneceu por alguns dias, o pouco que havia de gente em si estranhando o desinteresse das pessoas pelo homem que devorara. Sentia que algo havia mudado. Naquela noite, observando o corpo semidigerido e coberto de teias a balançar lentamente no ar, tomou outra decisão, dessa vez mais séria. Achou que era hora de sair daquele lugar, tornado pequeno demais para seu abdome intumescido. Ignorou a porta e encaminhou-se para a janela da sala, as garras nas patas arranhando o porcelanato. Pernas e pênis murchos, mirrados, eram cicatrizes de uma outra vida. Saiu para a noite e espantou-se com o que viu com seus vários olhos. Os arranha-céus estavam agora cobertos não de luzes, mas de teias, a ligar os edifícios como pontes cinzentas contra o céu. Os fios se espalhavam sobre as fachadas, cobriam janelas, atapetavam as largas avenidas e os carros que não mais rodavam. E sobre eles caminhavam criaturas como ele, paródias quitinosas dos homens e mulheres que haviam sido um dia. Escutou os gritos das pessoas nas ruas embaixo, enquanto eram caçadas e bebidas qual néctar de carne e sangue. Juntou-se às outras aranhas, sabendo que as teias agora cobriam o mundo todo.

O rinoceronte na parede

Deixou-se estar na privada, pernas balançando no ar, triscando os azulejos com as pontas dos dedos. Há muito havia terminado, manchando de amarelo a água debaixo de si, agora serena. Aos seis anos, não precisava mais de ajuda naquele serviço, mas sabia que a mãe se impacientava com a demora. Não ligava. Estava ocupada observando o mundo que era aquele banheiro. Fixou os olhos no sifão embaixo da pia, percorrendo os anéis sanfonados, contando-os. Via não um cano flexível, mas o corpo segmentado de um enorme embuá, raro por ser assim, albino, se bem que já havia visto outros, sentada em outras privadas, antes delas, penicos. Encarava o bicho-coisa e imaginava as pernas se descolando do corpo, remexendo-se doido, querendo se soltar da parede e do ralo, estrebuchando de vida. A qualquer momento se libertaria e cairia no assoalho branco, nele se confundindo. Talvez serpenteasse em sua direção, fazendo tec-tec com as patas pontudas, escalando a louça e enrolando-se em seu pescoço. Arrepiou-se de medo, achando bom.

— Julinha.

Ignorou a mãe e seguiu criando vida, muito confortável no assento acolchoado. Ali era rainha de uma terra de criaturas fantásticas e, do alto do seu trono, exercia poder sobre todas elas. Olhou para a saboneteira, um oval curvo sob dois parafusos enferrujados, animando-se em uma cara tristonha. Em cima do espelho, a mancha no gesso era uma silhueta de gente, meio pela metade, uma pessoinha com cabeça, torso e braços, que agora se arrastava sem pernas pelo teto, agoniada. Gostava mais do rinoceronte. Estava ali na parede, agitando o focinho para livrar-se da toalha que cobria seus olhos. Liberto do pano, observava o ambiente, savana azulejada de azul. Era um troféu, cabeça de animal emoldurada na parede, como as gravuras que mostravam as casas dos antigos caçadores. Dois chifres de louça brilhante em vez de um só, aquele era um rinoceronte diferente. Imaginava o resto do seu corpo dentro da parede, parte de uma fauna que só existia ali, pastando em campos de cimento e correndo sobre colinas de tijolos.

— Julinha, abra. Mas não é possível.

— Já vai, mainha.

Deu descarga e se limpou, mocinha demais, ficando de ponta de pés para poder lavar as mãos. O banheiro agora sossegava, suas criaturas perdendo a vida que lhes havia emprestado. Abriu a porta para a mãe, que entrou esbaforida para ver se estava tudo limpo e nos conformes, levantando a tampa da privada, buscando respingos no chão. Júlia passou para o quarto e se pôs a vestir as roupas que ela mesma havia escolhido, crescida como era. Embananava-se com os cadarços, por isso teve o bom-senso de calçar uma sandalinha de velcro, com cheiro de chiclete. Pôs-se pronta na sala, ignorando as tomadas que lhes faziam caretas e a rachadura em forma de aranha a se arrastar pela parede. A mãe chegou, desamassando seu vestido, bulindo em seus cabelos. Reclamou da toalha jogada no chão.

— Foi o rinoceronte.

Tentou explicar que o bicho não gostava de ser encapuzado, e ainda observou que, se fosse ela, também não gostaria. A mãe olhou as horas e suspirou feito chaleira, apressando-se porta afora do apartamento. Reclamava da desordem, murmurando mais para si que Júlia não tinha mais idade para ser tão bagunceira. Que era apenas as duas ali, naquela casa, e que precisava de ajuda. E a menina ia, puxada pela mão, teimando que o culpado era o animal encravado na parede. A mãe seguiu moendo as reclamações, rumando em direção ao elevador. Júlia olhou para a sala e sentiu que a sala a olhava de volta, antes que a porta se fechasse.

***

Achava que a luminária lembrava um pássaro ensimesmado, de bico baixo, como que abraçando as próprias penas, e foi isso que ela passou a ser. Viu as asas de alumínio se descolando do corpo esguio, batendo hesitantes no começo, nervosas logo em seguida. Voava agora pelo teto da sala, puxando atrás de si uma cauda de tomada, dardejando elétrica para lá e para cá. Júlia sorriu e voltou-se para o descascado da parede, meio escondido pelo sofá. O reboco havia caído para dar lugar a uma forma rugosa, cor de areia, com perfil de gente. Ali enxergava boca, nariz e olhos, em tudo parecidos com os do avô morto. Os lábios se moviam, chamando-a minha netinha, derramando saudade nos ouvidos da menina. Júlia sorria, rindo para o teto e o ventilador que desabrochava feito um girassol, pétalas metálicas pendendo molemente do caule que partia do teto.

Da cozinha vinham outros sons, dos trincos dos armários a conversar entre si, pequenos ciclopes de plástico, e o zumbido das xícaras que tentavam voar com uma asa só. O apartamento tomava vida ao redor de Júlia e ela bailava ao redor de si mesma, gargalhando da mesinha que pinotava feito pônei, apostando corrida com a tábua de passar. A rede se remexia qual casulo de borboleta, contorcendo-se nervosa como quem gesta um bicho dentro de si. Júlia batia palmas, mandando a máquina de lavar falar mais alto e ordenando que as cadeiras dançassem ciranda. Gargalhou até perder o fôlego e sentir que a barriga doía. Então sua mãe chegou.

Ela olhou ao redor, desolada ante aquele espetáculo. Júlia de pé, desconfiada, em meio a uma sala de estar em frangalhos. Viu os sofás e cadeiras arrastados dos seus lugares, de que maneira não fazia ideia. O chão coberto de tudo quanto era quinquilharia, espalhados de qualquer jeito, sem ordem ou função. A cozinha não estava melhor, muito menos os quartos, e a menina só culpava os próprios objetos. Eram eles os responsáveis por aquele vendaval, era o liquidificador com jeito de robô, era o jarro que lembrava uma bailarina. A mulher sentiu o cansaço do trabalho curvando os ombros mais uma vez, uma gastura com aquela baderna sem fim, dia após dia. Não sabia Júlia o esforço que ela fazia para lhe dar um lar? Os sacrifícios, as renúncias, as noites mal dormidas e a solidão? A menina baixou a cabeça e apontou mais uma vez para o mar de coisas a bagunçar a casa, dizendo que haviam sido eles, seus bichinhos, os responsáveis.

A mãe ergueu a mão, e Júlia, que nunca vira o gesto, não se encolheu. A mulher tremeu, incrédula de si, a exaustão afogando a raiva. Abraçou a menina, transformando o tapa em um afago dolorido. Prometeu que daria um jeito em tudo, e que, por sua vez, tudo se ajeitaria. E assim permaneceram as duas, a maior soluçando baixinho, a menor com os braços junto ao corpo, aguentando os solavancos daquele choramingar. Depois de um tempo, a mãe largou a filha e secou os olhos, fungando na manga da blusa. Mandou que Júlia tomasse seu banho e começou a apanhar, uma por uma, as coisas derramadas pelo chão. A menina foi, obediente que era, e entrou no banheiro. Despiu-se e passou para debaixo do chuveiro, tentando ignorar o olhar do rinoceronte na parede, acompanhando cada passo.

***

Ela sorriu tranquilizadora, mais uma vez concluindo que aquela era sua função mais importante, ou ao menos a mais valorizada. As mães chegavam ao seu escritório e ela as reconfortava. Por vezes pais também, mas quase sempre mães. A que estava na sua frente parecia cansada, de ombros curvados e olheiras escuras, como tantas outras. Torcia e retorcia o celular entre os dedos, na agonia de quem deseja um cigarro e não sabe o que fazer com as mãos. Queria saber o que fazer com a filha. Queria uma solução para o problema, muito embora não soubesse bem que problema era aquele. Queria, sobretudo, ouvir que nada daquilo era culpa sua, que era uma boa mãe, dando o melhor de si, e que às vezes as crianças são assim mesmo. Quando a psicóloga falou, foi numa voz baixa e calmante. Explicou que o que se passava com Júlia era normal, e tinha até nome.

Pareidolia era o fenômeno que permitia ao ser humano reconhecer padrões na natureza e em tudo ao seu redor. Gostava de explicar essa história. Sentia-se culta e interdisciplinar. Diante de si, a mãe escutava atenta, sorvendo cada palavra. Eram os homens pré-históricos, continuou, que precisavam entender como funcionavam as estações do ano e identificar os rostos de indivíduos diferentes em seu grupo. Espantados, apontavam para o céu, enxergando ursas, escorpiões, cruzes e até cinturões nas estrelas. Era uma coisa boa, uma característica evolutiva. Mas, suspirou, quase inútil na modernidade. A pareidolia se manifesta mais forte em algumas pessoas, principalmente na infância. E, assim, enxergam rostos tristonhos nas fachadas das casas e pessoas nas nuvens. Mas quem nunca, não é mesmo? Sorriu, e a mãe já espelhava o sorriso, aliviada. Hesitou antes de confessar, em tom baixo, que as coisas não vinham sendo fáceis desde que o pai de Júlia havia ido embora. A psicóloga assentiu séria, perguntando-se quantas vezes já havia escutado aquela mesma história.

Olhou para fora, através dos janelões de vidro que cercavam seu escritório. Na sala de espera, Júlia se entretinha com alguns copos de plástico e sachês de café. Observava-os como se deles esperasse uma reação. No canto, uma montanha de brinquedos e jogos, de todas as cores e formas, intocados. Era uma menina calma e dócil em aula, mas solitária no recreio. Em vez de brincar com as outras crianças, recolhia-se em algum canto distante do pátio, juntando pedras, gravetos e o que mais encontrasse junto de si. Sorria para aquelas coisas sem vida, por vezes parecia conversar com elas. Não chegava a ser estranho, ainda mais em sua idade. Até que, naquela manhã, Júlia voltou para a sala de aula antes do fim do intervalo. Quando a professora e os coleguinhas chegaram, viram um pandemônio de bancas movidas, cadernos espalhados pelo chão, canetas, lápis, borrachas, corretivos, mochilas, lancheiras, jogados pelos cantos. Um furacão. E em seu olho, Júlia, dizendo que os próprios objetos eram os culpados.

A professora havia corrido até a coordenadora, a coordenadora havia acionado a psicóloga, e esta agora voltava a encarar a mãe. Garantiu que Júlia era uma garotinha normal, apesar do transtorno. Transtorno? Um termo técnico, apressou-se, antes que os ombros da mãe afundassem em demasia. Hoje em dia, é difícil encontrar quem não sofra de um ou vários. Júlia carecia de um pouco mais de concentração, um pouco menos de energia em suas brincadeiras solitárias. Um médico amigo seu receitaria um remedinho, uma besteira, um comprimido, como quem toma analgésico para uma dor de cabeça. A mãe ficou segurando o papel, com um nome e um número de telefone rabiscados. Virou-se para trás e viu Júlia a conversar baixinho com o bebedouro. Tentou enxergar olhos nos botões e uma boca no friso. Balançou a cabeça, sentindo-se míope ao mundo da filha. Guardou numa gaveta a aflição que sentia e agradeceu à psicóloga. Ligaria para o médico assim que chegasse em casa.

***

Agora era uma casa morta, e Júlia sentia que caminhava por um cemitério, como aquele onde haviam enterrado seu avô. Mocinha que era, sabia já o que significava morrer, que era o eterno silenciar da voz, a imobilização dos gestos. Achava-se ela mesma morta naquele apartamento silente, inerte, onde antes fervilhava a vida. A sua agora se resumia aos intervalos entre uma coisa e outra, uma existência enfiada entre a escola e o balé, entre o curso de inglês e a natação. Antes, era nesses espaços que vivia mais plena, cercada de amigos, dos bichos-coisa que ela sabia despertar com sua voz. Estavam agora moucos, preguiçosos, teimando em nada fazer. Já não brincava. Não a interessavam os jogos e brinquedos que se amontoavam em seu quarto. A mãe até havia permitido que mexesse no celular algumas vezes, mas ela o largou em instantes. Não encontrava vida ali, apenas um arremedo dela. Colorido, cacofônico, frenético, vibrante e iluminado. Mas um arremedo ainda assim.

Não possuía ainda as palavras para explicar, mas não se sentia a mesma nos últimos dias. Não se sentia Júlia. A cabeça pesava sobre os ombros e doía, e já não comia com a mesma vontade. Às vezes até a barriga incomodava, e a mãe franzia o cenho, repetindo que ia passar. Ela estava sempre para lá e para cá, indo e vindo de casa. Dizia à filha que precisava trabalhar para não depender de seu ninguém, para não precisar de homem nenhum. Júlia havia tido babás quando era menor, mas a mãe sempre dizia que o dinheiro era curto, e depois ninguém ia criar sua filha por ela. Já era crescida, podia ficar em casa consigo mesma, nos intervalos das atividades, nos vãos entre a presença e a ausência da mãe. E ficava, que outro jeito não havia.

Mas esse ficar era agora solitário. Olhava para as coisas ao redor e sentia que elas não mais a olhavam de volta. Caminhou pela necrópole das coisas cotidianas, inanimadas desde que a mãe passara a lhe dar aquele remédio. Estava ali, encarapitado sobre a geladeira, fora do seu alcance. Júlia lia com cuidado e em voz alta, sílaba por sílaba, as letras grandes na caixa de cores claras, com uma larga faixa negra cruzando-a no meio. Era um nome de menina, como o seu, e ela se perguntou se poderia fazer amizade com ela. Tentou imaginar que a tarja era um cinto preto segurando uma calça azul claro, onde se enfiava uma camiseta branca. Chamou por ela, olhos vidrados no retângulo de papelão, como fazia para despertar seus bichos-coisa. Chamou e chamou, e só o silêncio respondeu.

Júlia desatou a chorar, envolta naquela solidão desacostumada, naquela calmaria enervante. Fez bico, embirrou-se, tal qual a mãe havia ensinado a jamais fazer. Berrou, cerrou as mãozinhas, bateu o pé. E, por um momento, pensou ter visto os objetos ao seu redor acordarem, mesmo que um tiquinho de nada, bulindo-se nervosos. Mas depois voltou a quietude, e Júlia cansou de si mesma. Enxugou as lágrimas e foi para a cama, querendo dormir e esquecer a falta de vida daquele lugar. Nem olhou para o banheiro e para a toalha caída no chão. Muito menos para a teia de rachaduras que partia dos azulejos, onde o suporte de louça branca se encontrava com a parede. Fechou os olhos e deixou que o sono a tirasse dali.

***

Havia tentado barganhar com a filha, mas o beiço dizia que não. Júlia não queria ir à escola, bracinhos cruzados para comprovar sua determinação. Dizia que aquele lugar era morto, que todos os lugares eram mortos agora, e que o silêncio fazia sua cabeça doer. A mãe sentiu uma coceira nos dedos, entrelaçando-os nos cabelos da menina para não pegar um cigarro na bolsa. Não se via mais bagunça naquela casa, mas Júlia não era mais a mesma. Apática, arrastava-se pelos cantos, recusava-se a dançar e a nadar. E agora inventava de não querer mais ir para a aula. Batia os pés no chão, voluntariosa, bochechas avermelhadas da arenga. Gritava que a mãe havia matado seus amigos, calado suas vozes. Falou que queria o pai.

A mulher sentiu uma gastura ardendo na boca do estômago. Queria ser criança e bater o pé também, descabelar-se, gritar que ela também não era feliz, que o ex-marido é que não queria saber da filha, que há tanto tempo já não sabia o que era sair, beijar, gozar. Desconhecia o que era viver, trabalhando em três lugares ao mesmo tempo e com uma moleca mal-agradecida a prender seu calcanhar. Queria sumir, voltar no tempo e fazer diferente, esquecer quem era. Em vez disso pegou a filha pelo braço e começou a arrastá-la em direção à porta. Para a escola ela ia. Haveria de ir, que ela também não era mole. Júlia esperneava e berrava mandando soltar, e a cada grito e pisão, parecia que um trovão estourava junto. A mulher agora competia com a zoada, sem saber e sem querer saber de onde vinha. E puxava e puxava a menina, pensando "meu Deus, e os vizinhos, que vão dizer?". Já alcançava o trinco quando escutou um estrondo vindo do banheiro. Olhou e não acreditou.

Era um rinoceronte que via, branco e do tamanho de um gato, bufando e agitando os chifres. Viu de relance o buraco na parede, junto da privada, e tomou Júlia nos braços quando o bicho de louça e reboco partiu para as suas canelas. Pulou em cima do sofá, que se queixou com uma voz grave. A mãe olhou ao redor, enquanto o apartamento ganhava vida. A luminária grasnou e foi derrubada com um tapa impensado. Ficou no chão, contorcendo-se miseravelmente, mesmo despedaçada. A mulher voltou-se, escutando barulhos nos quartos e na cozinha, como se uma força invisível lançasse objetos para lá e para cá. Ouviu o relinchar de cavalos impossíveis e o canto de pássaros que não poderiam estar lá. E então lhe chegou a voz do seu pai. Ela vinha de um descascado na parede, junto ao sofá, rouca, dura, acusatória. Filha má, repetia, que o havia abandonado no final da vida. Má, má, má, como havia sido também a sua mãe, outra ingrata. Em seus braços, Júlia continuava berrando, sacudindo-se. Sentiu as lágrimas nublando os olhos e o juízo querendo escapar pelos dedos. Decidiu que ali não poderiam ficar.

Ao pequeno rinoceronte se juntaram outros, surgindo da cozinha e do banheiro da área de serviço, esse trazendo quebrado um dos chifres. Pinotavam em manada pela casa, perseguindo xícaras que voluteavam desajeitadas pelo ar. A mãe correu para a porta e gritou quando o trinco tentou morder sua mão. Girou a chave com dedos trêmulos e abriu a porta. Partiu desabalada escada abaixo, ignorando o elevador que dizia ter fome e que a convidava para entrar. Júlia pesava nos braços e seu choro doía nos ouvidos, mas ela seguiu, achando que ia cair e matar ambas. Nem um e nem outro, passaram pelo porteiro que lutava contra o interfone, enrolando-se ao redor do seu corpo qual serpente. Correu pelo portão e ganhou a rua, seu próprio choro ecoando o da filha. Parou na calçada, querendo achar um guarda, um soldado, um catedrático, um pastor, alguém que devolvesse o sentido às coisas. O que encontrou foi o mundo enlouquecendo à sua volta.

Viu postes se curvando como pescoços de girafas e tampas de bueiro flutuando como discos voadores. Uma árvore que era todinha uma mão agarrava os transeuntes na calçada, esmagando-os com seus dedos de galhos. Escutou um barulho de motor e olhou para o alto, cobrindo a boca para abafar um grito. Galeões de nuvens se enfrentavam no céu azul, disparando canhões entre si e sobre o avião que por eles passava. Perdeu uma asa com um pipoco surdo e assoviou rumo ao solo, esborrachando-se em uma bola de fogo no meio da avenida. As varandas dos edifícios eram agora as bocas de monstros colossais, bichos de sete, oito ou mais cabeças. As janelas olhavam com ódio para baixo enquanto mastigavam seus moradores, fazendo o sangue escorrer pelas fachadas. Ao longe, os morros que Júlia uma vez lhe tinha dito parecerem um homem dormindo começavam a despertar. Vagaroso, o gigante se arrancava do solo, casas presas às suas costas e gente despencando de ruas agora verticais.

A mãe agora se acocorava com Júlia no colo, curvada sobre a menina, balançando-se para frente e para trás. Queria niná-la uma última vez antes do fim. Demorou a perceber que a filha não mais gritava ou chorava, mas sorria. Esticava as mãozinhas como quem aguarda um abraço; de quem, ela não sabia. Olhou ao redor e viu as coisas tornadas vivas, todas elas, encarando mulher e menina. O caminhão de lixo, que mais parecia um enorme besouro, deteve-se, assim como a mancha de tinta em formato de criança na calçada. Júlia agora ria enquanto segurava a mão da mãe, que se erguia vacilante, incrédula de conseguir fazê-lo. Mal ouvia os gritos e o choramingar dos feridos e mutilados esparramados pelas ruas. Agarrou-se novamente à filha, e as coisas avançaram lentas em sua direção, dando passos tímidos quando havia pés para tanto. Achou que a loucura iria recomeçar.

E então, todos se curvaram perante Júlia.

Assimetria

Não saberia afirmar, com precisão, quando começara a percebê-los. Talvez o primeiro houvesse sido o mendigo. Quase havia tropeçado em suas pernas estendidas sobre o chão imundo da estação de metrô, parte da paisagem cotidiana à qual ele, distraído, não mais prestava atenção. O velho, de cabelos e barbas endurecidos pela sujeira, estendeu a mão direita aberta em palma, gesto que tornava desnecessária qualquer palavra. Ato contínuo, o homem em pé passou a buscar moedas em seus bolsos, em quantidade que lhe apaziguasse a consciência e ainda sobrasse algo para o cigarro mais tarde. Ao entregar os trocados, viu que o pedinte não possuía o braço esquerdo.

Onde deveria repousar o membro, encontrava-se uma manga puída e flácida, como que refratária após um coito impossível, balançando molemente aos movimentos do mendigo. Sem saber o porquê, o homem arrepiou-se com aquela visão, e retesou o próprio braço trêmulo, moedas derramando-se do bolso em um tilintar irregular. Sentado no chão, o velho apenas olhava para a frente, os dedos da mão direita movendo-se debilmente, como vermes que tentassem escapar de um cadáver. Afastou-se dali aos tropeções, esbarrando nos transeuntes que lhe dirigiam palavrões e olhares indignados, enquanto o miserável continuava a mendigar o vazio com seu único braço são. Abalado, apressou-se da estação para a sua casa. Ao chegar, foi recebido com um café e um sorriso pela esposa, que lhe removeu uma mecha da testa suada como quem espanta preocupações com os dedos. O homem abraçou-se a ela, temeroso não sabia de quê, e descansou o rosto sobre o ventre estufado da mulher.

— Calma, que ele sente, meu amor.

Permaneceram os três entrelaçados, homem, mulher e barriga, por muito tempo ainda durante aquela noite.

***

O calor no escritório parecia deixar o ar mais denso, dificultar os movimentos, tornando-os letárgicos. Círculos de suor expandiam-se sob axilas de linho branco, o tecido agitando-se, de quando em quando, pela passagem regular e monótona do ventilador. Ele bebeu água já morna de um copo plástico e esperou que seu cliente adentrasse o cubículo. Viu uma calva brilhante se aproximando lentamente pouco acima das divisórias e endireitou-se em sua cadeira, cotovelos apoiando-se em pilhas instáveis de formulários coloridos. Manteve o olhar baixo enquanto o outro homem sentava-se à sua frente.

— Então, o que posso fazer pelo senhor?

A última palavra esvaiu-se em um sussurro em seus lábios, quando atentou para a pessoa que o encarava com olhos distantes, papadas úmidas sob o queixo e uma manga de linho branco, dobrada e grampeada, na qual deveria estar seu braço esquerdo. Recuou em sua poltrona, por instinto, espalhando os papéis multicoloridos que guarneciam sua bancada. O homem à sua frente não pareceu perceber seu desassossego, suando bovinamente e em silêncio na cadeira.

— Me mandaram vir aqui. Por causa do meu braço.

— Eu entendo. O braço. Mas é claro. — Estava mais calmo agora, embora sentisse um desconforto inexplicável, que pouco tinha a ver com o calor ou o ar viciado do escritório. — Para que o senhor possa receber o benefício, eu preciso... preciso saber o que aconteceu. Com seu braço.

O olhar do homem pareceu focar-se por alguns momentos, como se resultado de um tremendo esforço de vontade. Abriu a boca e os seus queixos consecutivos tremiam ao falar, como ondas em uma arrebentação.

— Eles levaram.

Sentiu um frio escorrendo lentamente por cada vértebra, acompanhado por um tremor nas mãos que procurou esconder ao entrecruzar os dedos. Tentou recompor-se da melhor maneira possível, baixando os olhos para o seu relatório e pigarreando, buscando abrir lugar para a voz que se agarrava às paredes da sua garganta.

— Aqui diz... veja bem, meus papéis indicam que o senhor é... era torneiro mecânico. E que a máquina que o senhor operava, ela... foi a responsável pelo acidente. Um mau funcionamento, sem dúvida. — Acrescentou a última informação como que para deixar claro que acreditava na habilidade do homem à sua frente. Este olhou languidamente para o papel sobre a mesa antes de falar novamente.

— É o que diz o papel. Mas a verdade é que foram eles que levaram meu braço embora.

— Eles quem? Não sei de quem o senhor está falando. — Arrependeu-se de proferir a frase antes mesmo que ela deixasse seus lábios. O homem o encarou mais uma vez, em um olhar morto que traía algo de desespero e, ao mesmo tempo, de cumplicidade.

— Mas vai saber.

Depois de preencher formulários, carimbar papéis e colher assinaturas, dispensou o cliente com um alívio que lhe parecia tão evidente quanto vergonhoso. Sentia que mal podia confiar nas próprias pernas ao erguer-se da cadeira e claudicar para fora do seu cubículo. Ignorou a ciranda de colegas suados que se reunia ao redor da máquina de café e foi para a área de serviço, a janela aberta um convite para o cigarro preso entre os dedos trêmulos. Telefonou para a esposa, perguntou-lhe sobre o seu dia e chorou baixinho, embalado por sua voz despreocupada.

***

Eles pareciam estar em todo lugar, nos últimos dias. Via-os transitando distraidamente pelo metrô e dentro dos ônibus, acocorados em vielas escuras ou encarando paredes nuas no meio da rua. Esbarrava em ombros desprovidos de braços e recebia de volta olhares perdidos. Recuperou uma bolsa da calçada e, ao entregá-la à sua dona, quase a levou novamente ao chão quando constatou que ela só apresentava um dos membros superiores. Viu um pedreiro repousar sob a sombra de uma árvore, a face desprovida de expressão, laboriosa e pateticamente abrindo uma marmita com apenas a mão direita. Encostou-se a um muro, apalpando os bolsos desprovidos de fumo e, portanto, inúteis. Sentia que a respiração descompassava junto com o coração e agarrava-se à parede atrás de si, como se ela o pudesse ancorar a um mundo que parecia se afastar cada vez mais de si.

Sentia a cabeça pesando sobre os ombros e a moveu de um lado para o outro, como se pudesse conjurar leveza daquela negativa silenciosa. À sua esquerda, viu uma mulher parada, próxima à esquina, o perfil desenhado contra o sol que avermelhava o horizonte de edifícios e o olhar perdido em algum ponto longínquo do espaço. A brisa que anunciava o fim daquele dia agitava levemente seus cabelos cacheados, que se derramavam por cima das costas. O fulgor escarlate se espalhava pelas flores que cobriam seu vestido, o tecido fino e justo contra os seios e os quadris. Passeava os olhos pelas suas pernas, grato por uma distração misericordiosa, qualquer que fosse, que lhe freasse a monomania, quando percebeu o sangue na calçada. Era uma trilha expressionista de pontos e arabescos, a coagular pacientemente sobre o chão morno da tarde. Sentiu que o coração tornava a martelar e voltou o olhar para o rosto que agora virava em sua direção, junto com o resto do corpo.

Ela era de uma beleza calma, que convidava olhares demorados e sorrisos esperançosos. Foi apenas quando ficou totalmente de frente que percebeu o ombro esquerdo, incompleto e vermelho, a esvair-se desapressado sobre a calçada. Sabia que deveria gritar, correr em sua direção, oferecer conforto, implorar por ajuda, envolvê-la em seus braços. Tudo o que conseguiu fazer foi dar um passo para trás, vacilante como a sua mão ao tapar a própria boca e abafar o gemido. A mulher nada dizia enquanto a brisa vespertina soprava ainda mais os seus cabelos, que serpenteavam convulsos sobre o seu rosto sereno. Por um momento, seus olhos pareceram encontrar o foco e ela o encarou, o braço direito estendido para a frente e o toco ensanguentado do esquerdo movendo-se na mesma direção, como uma paródia cruel do membro são. Ele retrocedeu ainda mais, como se ela lhe apresentasse um abraço grotesco e inacabado em retribuição àquele que ele jamais ofereceu. Os lábios dela se abriram e o vento trouxe palavras e respingos rubros em sua direção.

— Você vai saber.

Ele virou-se e abriu caminho, desabalado, em meio à multidão de corpos que vagava por aquele dia que escurecia rapidamente. Correu como se culpado de algum crime, cego para o mundo ao redor e para o horror às suas costas. Correu e correu até não ter mais forças e atirar-se sobre o portão de sua casa, trêmulo e engasgando, chamando agoniado pelo nome de sua esposa. De dentro veio o som da voz dela, como um bálsamo sobre os seus medos. Agarrado às barras enferrujadas, chorou baixinho até sentir os braços conhecidos apertando-se ao seu redor.

***

Não compreendia aquele silêncio todo. Nos jornais, nada se falava. Na televisão, nada se falava. Rádios e computadores, telefones e revistas, todos pareciam ignorar o que acontecia ao seu redor. O sorriso de escárnio incrédulo de uma colega junto ao bebedouro do escritório foi o suficiente para dissuadi-lo de futuros comentários. Os olhares dos demais funcionários nos dias que se seguiram à conversa atestaram que nenhum deles depositava fé em suas palavras ou dava trela aos seus medos. Ao contrário, riam deles. Eram todos cegos ao que acontecia e, em sua cegueira, enxergavam-no como um palerma, um desvairado. Incapaz de realizar o mais simples dos trabalhos sem criar ilusões absurdas acerca de multidões de mutilados a lhe assombrar o dia a dia. Os mais cruéis sequer se davam ao trabalho de dissimular o relinchar que se propagava às suas custas, enquanto os demais simplesmente atribuíam o nervosismo à paternidade que se aproximava. Cessou por alguns momentos o eterno carimbar de formulários coloridos e voltou seus pensamentos para a esposa e para o filho por nascer.

Apesar de si mesmo, não conseguiu evitar que um sorriso torcesse os cantos dos seus lábios. Ia trabalhar todos os dias com os dois em pensamento, o amor suave da mulher aquecendo-o mesmo quando distantes. Próximos, entregava-se ao prazer da pele macia e perfumada, cujo ventre inchado não havia roubado beleza ou desejo. Nos seus braços ou entre suas pernas, sentia sempre que estava seguro, que a ela pertencia tão completamente quanto a criança que carregava. Com um suspiro resignado, estava prestes a entregar-se novamente ao trabalho quando o telefone em seu bolso gemeu. Sabia que não havia motivo para o calafrio que sentiu ao ouvir o toque. Atendeu o aparelho com uma voz rouca, acostumada ao silêncio confinado do cubículo. As palavras atropelavam-se do outro lado da linha, acompanhadas por soluços angustiados. Demorou a perceber que era a sua esposa quem falava, tão ordinária era a tranquilidade dos seus modos, agora alterados por algum motivo que ele não conseguia compreender. Mal-estar. Táxi. Hospital. Médicos. Exames. O bebê. Algo errado com o bebê.

Ergueu-se em um ímpeto e correu pelas fileiras de quadrados brancos intercalados, derrubando papéis e pessoas, e fazendo por merecer a maledicência dos colegas. Quando chegou à clínica, o suor era uma manta fina por cima da sua pele, agora gelada sob a ação do ar-condicionado e do medo. A recepcionista indicou um quarto, e para ele se dirigiu, transtornado. Pensou ter desviado de uma maca apressada, uma velha ligada a tubos e máquinas atirada de qualquer jeito por cima do acolchoado instável, ombro esquerdo envolto em bandagens vermelhas, braço direito debilmente erguido em sua direção. Ignorou a visão e desembestou-se pelos corredores, parando esbaforido em frente a uma porta. Respirou fundo uma, duas, três vezes e entrou. Sua mulher repousava sobre uma cama, cobertas puxadas quase até o pescoço, os olhos vermelhos e inchados como jamais os vira antes.

Lançou-se sobre ela e tomou a mão fria entre as suas, apertando os dedos pequeninos como que para certificar-se de que eram reais. Ela voltou a soluçar, balbuciando coisas que não faziam sentido enquanto postava os braços protetoramente ao redor da sua barriga. O bebê. Estava prestes a repousar a palma sobre o ventre inchado, como se pelo contato pudesse diagnosticar a causa do sofrimento, quando finalmente percebeu o médico em pé em um dos cantos do quarto, em um silêncio respeitoso. Funesto. Afastou a mão e apertou a do homem, sentindo-se como que febril, e pedindo que o doutor lhe contasse o que estava acontecendo. O bebê. Uma complicação? Um aborto? Engoliu em seco e limpou o suor da testa com um lenço, enquanto o homem à sua frente ajeitava os óculos sobre o nariz aquilino e limpava a garganta antes de começar a falar em um tom profissional e monocórdico.

— Sua mulher está bem e seu filho está vivo. De fato, até onde podemos determinar através dos exames, é uma criança saudável. A não ser por uma questão que... não foi percebida em exames anteriores. Não sei explicar por que não detectamos o problema. Talvez o melhor a fazer seja mostrar ao senhor.

O médico ligou um aparelho, semelhante a uma pequena televisão, apresentando uma imagem estática e desprovida de cores. Era uma coisa amorfa, uma sucessão de manchas derramando-se por manchas, tons de cinza que nada mostravam, impossibilitando-o de qualquer interpretação racional. Olhou novamente para o homenzinho vestido de branco, que agora limpava as lentes na ponta do seu jaleco imaculado. Falava em um tom de desculpas que, aos seus ouvidos, tinha mais de burocrático do que de sincero.

— Talvez tenha sido uma questão de nitidez do aparelho. Ou a posição do feto no útero. De uma forma ou de outra, a última verificação indicou com clareza que seu filho sofre de uma má formação até então desconhecida.

O dedo grosso passeava pela tela, apontando variações do mesmo contraste, um claro-escuro que nada lhe dizia. Sentiu uma agonia familiar se amontoando em seu peito e levou às mãos aos bolsos, em um instinto ruim de fumar a inquietação até que passasse, mesmo sabendo que ali não poderia fazê-lo. Queria sair e levar a esposa para casa, mas o médico continuava falando e falando, como se palavras pudessem dar sentido às abstrações daquela tela.

— Não há o que se possa fazer. Seu filho é... diferente. Por motivos que ainda não podemos determinar, ele deverá nascer assim, como o exame demonstra. Sem um dos braços. O esquerdo, mais precisamente.

Por um instante, tudo foi silêncio. Os lábios do homem se moviam sem produzir som algum enquanto, com o canto do olho, podia ver os ombros de sua esposa subindo e descendo em um choro convulsivo, as mãos crispadas sobre a barriga protuberante. Não podia ser. Era algum tipo de piada, cruel, sim, mas uma piada. Talvez os colegas do escritório houvessem achado de lhe pregar uma peça, até merecida, dada a sua obsessão dos últimos dias. Olhou para a tela, para as manchas que nada comunicavam, e pensou ter visto algum movimento nelas. Como se elas se torcessem e se deformassem em uma forma reconhecível. Enxergava o corpo minúsculo agora, a cabeça inchada curvando-se sobre o único braço atrofiado, enquanto as pernas atarracadas coiceavam o nada, pés tortos como cascos fendidos. Olhos esbugalhados giravam sem foco e a boca parecia congelada em um grito abafado, a reverberar em uma placenta morta.

Deu um passo para trás. Mais outro. No terceiro, percebeu que berrava. O médico balbuciava alguma coisa enquanto se aproximava de sua esposa, que agora se lançava para frente e para trás, agarrada ao ventre que abrigava a coisa. Levou as mãos à cabeça e gritou mais uma vez, lágrimas borrando sua visão. Não sabia mais para onde correr, mas correu mesmo assim. Dardejou por entre enfermeiras e pacientes, derrubando bandejas e corpos, atirando-se para a rua enquanto gritava negativas para a própria vida. Olhou ao redor como uma fera acuada e viu os rostos das pessoas à sua volta, apontando assustadas e boquiabertas para algo que se aproximava célere pelo seu lado esquerdo. Mal teve tempo de erguer o braço sobre o rosto para se proteger dos faróis que apunhalavam seus olhos, quando o ônibus se tornou todo o seu campo de visão.

***

A escuridão retrocedeu aos poucos, dando lugar a uma claridade difusa, que se insinuava por entre as suas pálpebras. Até elas doíam quando recobrou completamente a consciência. Sabia que estava deitado em uma cama e que essa cama se encontrava em um quarto de hospital, acompanhado dos sons e odores típicos de um lugar como esse. Sabia também que estava vivo, embora não conseguisse entender exatamente o porquê. As memórias retornavam lentamente, serpenteando pelo seu cérebro, cravando suas mandíbulas aqui e ali, mais dolorosas do que ossos partidos e órgãos dilacerados. Sua mulher. Seu filho. Queria falar, mas a sua força era monopolizada pelos olhos, as únicas partes do seu corpo que conseguia mover sem berrar em agonia. Olhou para baixo e se viu em uma confusão de bandagens e curativos, seu braço direito ancorado a tubos e fios como os de uma marionete. O esquerdo era uma coisa retorcida e imóvel, como se não mais fizesse parte de si. Gemeu. Da cabeceira, o som de uma porta se abrindo lhe causou um sobressalto estático, imperceptível até para si mesmo. Um médico entrou no quarto, caminhando em passos deliberados enquanto falava.

— O senhor teve sorte. Muita sorte. Uma atitude impensada a que o senhor tomou, correndo por aquela avenida, sem cuidado ou razão. Muito impensada, de fato.

Havia algo de estranho nos movimentos do homem, uma rigidez que mal se percebia, mas que parecia combinar com a monotonia da sua voz.

— Mas esses rompantes pertencem agora ao passado. O senhor há de se adequar a um novo comportamento no futuro. Pacato. Resignado. Como muitos outros antes do senhor. Como incontáveis outros que ainda estão por nascer.

Sentiu que o coração vacilante se lançava dolorosamente contra as costelas arruinadas, enquanto engasgava com a própria voz em uma tentativa inútil de se fazer ouvir por aquele estranho homem de branco. Sua mulher. Seu bebê. Tudo o que desejava era tê-los em seus braços mais uma vez.

— A mudança será imediata e benéfica. Nunca mais se sentirá só. Nunca mais deixará de pertencer. E quando o fizer, será a muitos. Mas, para que isso aconteça, o senhor tem que nos dar algo em troca.

Aproximava-se da cabeceira agora, olhando-o com olhos que não pareciam verdadeiramente enxergá-lo, erguendo mecanicamente o braço esquerdo em sua direção. A mão que pousou em seu rosto banhado de lágrimas era rígida e fria, dedos plásticos fundidos em um punho sem vida a espreitar da manga do colete. Aquele toque pareceu desembaraçar a voz da sua garganta, que se derramou em um sussurro rouco e baixo.

— Por favor... por favor. Eu não sei.... eu não sei o que vocês querem. Eu não sei.

O homem pareceu encará-lo verdadeiramente pela primeira vez por um instante. Pensou perceber um certo pesar naquele olhar, um lamento conformado flutuando sobre um poço de escuridão insondável. O momento passou tão rapidamente quanto havia surgido e a mão falsa deslizou lentamente da sua face para o braço destruído, ali se detendo quase com afeto.

— Mas vai saber.

A agulha deslizou para dentro do tubo que se ligava ao braço bom. Sentiu que a dor era afugentada lentamente, enquanto o mundo se tornava escuridão. Pensou ter ouvido um zumbido mecânico reverberando por todo o seu corpo a partir do membro em frangalhos. O rosto impassível do homem cobria-se de pequenos pontos vermelhos, como estrelas rubras nascendo e se espalhando em um céu de brancura. E soube, finalmente. Descobriu coisas terríveis e obscuras, antigas como o firmamento e profundas como o abismo da noite. Então nunca mais foi aquele que já havia sido.

Casa de prata

O relato que segue despertará não só a curiosidade do leitor, mas, também, clamores indignados acerca da sua veracidade. Às minhas palavras empenho minha reputação profissional e minha formação na Escola de Anatomia, Medicina e Cirurgia, fundada pelo conterrâneo Correia Picanço na capital do país, no início deste século. Afirmo que cada palavra aqui reproduzida reflete os fatos exatamente da forma como transpiraram, por mais fantásticos que possam parecer. Assim sendo, peço licença aos céticos irremovíveis para que, no breve espaço de algumas poucas linhas, abandonem a sua descrença com o mesmo fervor com que zombam da fé de outrem. Minhas mãos tremem e já não me resta mais tempo para o pirronismo cínico dos que não viram aquilo que eu vi.

Enquanto médico, meu ofício ocasionalmente me levava a vagar pelos áridos sertões e entre a sua gente pobre e inculta, embora frequentemente possuidora de saberes e mistérios estranhos ao homem da cidade. Desacostumados à ciência moderna e distantes das capitais, não raro recorrem, ainda hoje, às garrafadas dos seus ancestrais negros e índios, como vêm fazendo há incontáveis gerações. Quantas vezes não vi, arrumadas em tabuleiros nas feiras do interior, as misturas de vinho, cachaça, vinagre, água, mel, ervas e cascas de árvores a ser oferecidas pela cura de um sem-número de males, reais e imaginários? Não foram poucas as ocasiões nas quais todo o meu conhecimento serviu apenas para ser desconsiderado pela opinião de algum velho raizeiro ou uma benzedeira desgrenhada, a agitar galhos de arruda sobre os convalescentes. Admito, contudo, que muito do que vi possuía valor empírico, senão científico, aliviando sintomas de maneira tão eficiente quanto os remédios aviados nas boticas. Mezinhas de toda sorte e finalidade, tisanas amargas para todo e qualquer sofrimento: emplastros de folha de pimenta para picadas de maribondo, chá de pitomba para hemorragias, e uma verdadeira farmacopeia para tratar as moléstias masculinas, garantido trazer de volta o vigor da juventude.

E quando os curandeiros se achavam, finalmente, no limite dos seus conhecimentos, o médico era chamado, ainda que com certa desconfiança. O povo, tão carente de tudo quanto é essencial e mais básico para a vida, amiúde se encontrava incapaz de retribuir meus préstimos, fosse em réis ou mesmo em tostões. Muitas vezes, sua hospitalidade limitada era a única paga com a qual eu podia contar nas andanças pelas imensidões secas; um teto sobre paredes de taipa, um prato de carne seca e farinha de mandioca grosseira. Ocasionalmente, recebia pequenos animais ou objetos a título de salário, e já houve momentos em que minha esposa, em nossa residência na capital, já não sabia mais que destino dar a tantos passarinhos engaiolados, bonecos de barro, redes de armar, balaios de vime e sandálias de couro a se acumular como em uma bodega de interior ou bazar oriental. Jovem e ainda saudável, eu buscava cumprir meu juramento profissional e fazer valer as palavras de Hipócrates, levando cura onde ela era mais escassa, por vezes em troca de pouca ou nenhuma remuneração. Soubesse então o que hoje sei, jamais teria aceitado paga nenhuma.

Certa feita, após eu salvar uma criança de uma febre que ameaçava roubar-lhe a vida, seu avô presenteou-me com um retrato. Era um homem rústico como a terra que cultivava, e que no crepúsculo dos seus dias dedicava-se à família e ao trabalho. Naquele vilarejo, dizia-se que ele, na mocidade, havia pegado em armas em troca de recompensa, tirando vidas por ofício assim como eu me esforçava em salvá-las. Se as histórias se fundamentavam sobre um leito de verdade, jamais procurei saber; tratei o menino, e o velho, agradecido, obsequiou-me com um pacote de papel pardo e grosso, preso por barbantes amarelados. "Hoje minha vista não me permite mais caçar, doutor", falou ele, a voz rouca, porém agradecida. "Não posso oferecer uma pele de onça ou um chicote de couro para que o senhor leve de volta para a sua senhora. Há ainda outras presas, ainda mais perigosas do que essas, contra cujas vidas jurei nunca mais atentar, não importando o peso da bolsa que me oferecessem. Mas tenho este retrato. É antigo e perigoso. Por isso, o doutor não deve jamais olhar para ele. Nunca deve bulir nele. Mostre-o a um desafeto e ele nunca mais tornará a incomodar. Ou enterre-o no quintal para nunca mais ser encontrado. Mas não olhe nem quebre, ou aquela que vive no retrato mais uma vez caminhará por este mundo. E isso, doutor, nem o senhor poderá curar".

Aceitei o embrulho e as recomendações do velho, mais por respeito às suas barbas alvas do que por qualquer crença real em suas palavras. Distraído por assuntos que me aguardavam na capital da província, acomodei o pacote em minha valise e dele me esqueci por toda a viagem. Lá chegando, após ter com minha esposa, aluguei um coche e saí pelas ruas e pontes da capital, a visitar pacientes, para verificar sua convalescência, e inadimplentes, com o intuito de obter meus costumeiramente atrasados proventos. E, assim, encontrei-me na loja de M, o antiquário. Há muito, o homem, que eu sabia honesto, devia-me por um longo e dispendioso tratamento para a sífilis, do qual havia se recuperado totalmente, embora seus negócios não partilhassem da mesma sorte; o estabelecimento era esparsamente frequentado e suas antiguidades apodreciam pelos cantos escuros da atulhada loja.

Por alguns minutos, negociamos e, ao perceber que, mais uma vez, M não possuía nem os fundos para sanar sua dívida, nem objetos que valessem o meu trabalho, uma ideia me assaltou. Vasculhei minha maleta e entreguei-lhe o pacote, deixando-o repousar sobre o balcão empoeirado. "Há aí um retrato, segundo me foi dito", expliquei-lhe. "Descubra-me o valor desta peça, venda-a por um bom preço e me pague o que me é devido. Qualquer valor que conseguir acima do montante combinado será seu, para que ponha esforço nesta empreitada". M demonstrou-se agradavelmente surpreso e compreensivamente grato pelas condições do negócio.

Apertou-me a mão efusivamente, e, enquanto eu me retirava, vi que os seus dedos finos já lutavam contra os nós do barbante. Atravessando a porta, minha mente divagou para os pacientes e as tarefas da tarde, deixando o antiquário entregue à sua mais nova aquisição. Eu não teria mais notícias de sua parte antes que aquele dia chegasse ao fim.

Na manhã seguinte, antes de iniciar minhas visitas, decidi fazer hora no Grand Hotel de l'Univers, visto que o Hotel d'Europe, também fazendo sombra às gameleiras do Cais da Lingueta, já se encontrava cheio em demasia. Me deixei ficar, observando os negociantes e engenheiros ingleses com suas sobrecasacas sóbrias, como se ainda estivessem em Londres, os trópicos impiedosos deixando marcas úmidas em suas axilas. Quando seremos mais civilizados, se não no clima, ao menos com ruas e avenidas largas, pontilhadas de cafés e confeitarias como as que encontrei em Paris? Lia o jornal do dia enquanto vigiava, de esguelha, a movimentação dos tipos humanos pelas mesas, tentando imaginar que histórias se ocultavam atrás de cada uma daquelas faces. Havia sido apenas no dia anterior que eu havia realizado o trato com M, absolutamente ignorante de toda a dor e sofrimento que aquele ato acarretaria no futuro.

Foi então que um menino, da cor do café que fumegava na xícara, chegou-se à minha mesa para transmitir um recado. "O antiquário deseja ter com voismicê tão logo quanto possível, seu doutor". Agradeci-lhe com alguns tostões e dirigi-me à loja, levando comigo apenas o periódico, para ler no final do dia. Lá chegando, o homem pareceu-me excessivamente agitado, embora também indubitavelmente animado. "É um daguerreótipo", disse-me ele, enquanto circunvagávamos as colinas de traquitanas que se equilibravam precariamente no seu assoalho sujo. "Antigo, disso não há dúvidas. É diferente das fotografias modernas dos tempos atuais. A imagem em si é formada em uma camada de prata revelada sob a ação do vapor de mercúrio", dissertou, mais interessado do que eu em sua própria explicação.

"Os daguerreótipos são coisas belas e delicadas. O processo de se obter uma imagem nítida podia, nos seus primeiros tempos, durar vários minutos, por vezes horas". Desviei-me de mais uma pilha de trastes impossíveis de serem identificados, enquanto assentia. "Imagino a dificuldade de se manter o objeto estático durante o procedimento", acrescentei, para lhe encorajar a língua. "Ah, sim. Retratos são possíveis por esta técnica, mas trabalhosos. Mas o que temos aqui não é, a rigor, um retrato". Falando isso, guiou-me para a sua oficina, onde, em seu centro, repousava o tal daguerreótipo, montado sobre um cavalete de aspecto precário. A imagem, em infinitos tons de cinza, mostrava uma pequena casa sobre o que parecia ser um morro baixo, coroado por árvores esparsas e alguma vegetação rasteira. E em frente a esta casa, uma mulher.

Parecia vestir a moda de quarenta anos atrás ou mais. Sua pele muito alva contrastava com o negro dos seus trajes. Trazia uma severidade no olhar que inquietava o apreciador. "Então, como vê, há algo de pictórico aí, como uma pintura. É uma paisagem e, também, por assim dizer, um retrato", explanou M, com evidente satisfação profissional. "Mas é curioso", continuou ele, aproximando-se da imagem, com olhos perscrutadores, "que a única janela desse casebre esteja selada por grades de ferro. Pergunto-me se seria esta sua residência ou sua prisão". Era, de fato, desconcertante, ainda mais pela forma plácida com que a mulher se punha em frente à casa, tal qual carcereira de um presídio vazio. Aproximei-me também, em busca dos detalhes que talvez elucidassem aquele mistério, erguendo uma mão buliçosa.

Delicadamente, M impediu-me de tocar a imagem. "O daguerreótipo é uma impressão muito complexa e sensível. A luz rearranjou a prata para formar este retrato, em incontáveis detalhes em baixo-relevo. De fato, se tocássemos essa representação com as pontas dos nossos dedos, sentiríamos uma aspereza, uma irregularidade que acompanha o desenho de cada objeto. Um cego, talvez, seria capaz de reconstruir a paisagem apenas com o tato. Contudo, a imagem está selada atrás de uma folha de cristal. Se violada, o daguerreótipo estaria arruinado", concluiu, ainda encarando a mulher do retrato. Assenti em silêncio e ambos nos dirigimos à parte da frente de sua loja. M assegurou-me do valor do objeto, dada a sua raridade e antiguidade, prometendo-me que em pouco tempo ele seria vendido e que poderia, enfim, honrar seu débito para com os meus serviços. Satisfeito, despedi-me do antiquário e segui para a rua, tomado por uma inexplicável sensação de alívio ao fazê-lo.

Dias se passaram sem que eu recebesse qualquer comunicação da parte de M, fosse por bilhete ou mensageiro.

Estranhando tal ausência de notícias e deparando-me com uma tarde incomumente vazia de compromissos, pus-me a caminho do antiquário. O coche deixou-me em frente ao estabelecimento, que apresentava, se é que aquilo era possível, um ar de abandono ainda maior do que quando de minha visita anterior. Só depois de muito chamar e até golpear o balcão com minha bengala, M surgiu do corredor escuro e atravancado que levava aos fundos da loja. Seu estado era lastimável. O homem apresentava escuros círculos ao redor dos olhos avermelhados, enquanto sua tez era de uma palidez assustadora. Já não caminhava com a mesma desenvoltura de nosso encontro anterior, e seus movimentos eram nervosos como os de um animal acuado.

"Ah, doutor", começou ele, olhando ao redor de si como o faria algum salteador de estrada ao supor a lei em seus calcanhares, "Foi bom o senhor ter vindo. Sim, muito bom. Eu o teria mandado chamar, mas há algo...há algo cuja explicação me escapa e que me tem consumido os dias e algumas noites também". Gesticulando para que eu o seguisse, meteu-se por entre os edifícios de quinquilharias balouçantes, e não tive outro remédio senão atender ao seu pedido. Antes de chegarmos à sua oficina, um forte odor assaltou-me os sentidos, uma mistura de suor e excrementos humanos, combinada ao cheiro característico de decomposição. Ao chegarmos ao local, constatei o motivo; havia pratos espalhados pelo chão, com restos de comida que, em alguns casos, já fervilhavam de vermes gordos. Havia também penicos que esborravam pelo bocal, cobrindo o assoalho de imundície e conspirando para tornar o ar ainda mais viciado.

"O doutor me perdoe", tartamudeou M, agitado, ao ver-me trazer um lenço perfumado ao nariz, "Mas não pude cuidar do asseio desse local nesses últimos tempos. A tarefa à qual me incumbi impede-me não apenas de tratar dignamente dos assuntos da mais baixa fisiologia humana, mas também me proíbe de deixar a minha oficina, por qualquer motivo que seja". Horrorizado, percebi então um molambo sujo, jogando em um dos cantos da oficina, à guisa de catre. O homem passara a dormir naquele lugar insalubre, junto com os excrementos que já deveriam ter sido recolhidos por um tigre e despejados em algum terreno baldio ou beira d'água há muito tempo. Quando lhe perguntei o motivo daquela pavorosa situação, encolheu-se de vergonha e acenou para o retrato no centro da pocilga. "Por causa dela".

Pedi-lhe que se explicasse e assim ele o fez. "São os olhos, doutor. Os olhos que me acompanham onde quer que eu vá. E, se tento me afastar deles, eu mesmo passo a ver coisas ao fechar os meus. Coisas que não quero enxergar. Coisas que pessoa nenhuma deveria enxergar". Gracejei, com o intuito de lhe desarmar a aflição. "Meu caro M, é tudo um truque de perspectiva e arrojos de imaginação. Durante os meus estudos de aprofundamento, em Coimbra e em outras partes do velho continente, vi diversos retratos, pintados por mestres maiores e menores, e muitos deles davam ao apreciador a ideia de estar sendo eternamente vigiado. É uma técnica, nada mais", concluí, apertando-lhe o ombro em encorajamento. "É algo diferente e inexplicável, doutor", respondeu ele, balançando a cabeça, pesaroso. "E mesmo agora, enquanto conversamos, eu afirmo; aqueles olhos continuam a me seguir".

Gesticulou para que eu me posicionasse ao lado da gravura e observasse a mulher, o que fiz com atenção. Quando M caminhou por entre as refeições apodrecidas e bacias abarrotadas de escória, encarei aqueles olhos de prata. E o que vi fez o sangue gelar em minhas veias. Não sei se a luz mortiça traiu minha visão ou se o ambiente fétido já começara a afetar meus sentidos, mas juro pelo Nosso Senhor que o olhar daquela mulher acompanhou o antiquário, enquanto este manquejava ao redor da oficina. O espanto me levou a recuar do retrato e eu senti algo que até hoje me faltam palavras para descrever. Como um ódio, muito antigo e implacável, mas não direcionado a mim. Assustado, retornei para o lado de M, e a mulher agora parecia encarar a nós dois através de sua prisão de cristal.

"Percebe agora, doutor? Não consigo me afastar do retrato ou ocultá-lo em qualquer lugar que seja. Deus me ajude, não posso nem mesmo cobri-lo, por medo do que passarei a enxergar, caso o faça", gemeu M, alisando nervosamente os cabelos que teimavam em cair-lhe sobre a testa suada. Propus-lhe levar embora aquela imagem, para que fosse analisada pelos eruditos do Instituto Arqueológico, Histórico e Geográfico, ou procurar alguma forma de desfazer-me dela. M negou veementemente. "Não suportaria, doutor. Por tudo o que é sagrado, não suportaria". Preocupado, propus-lhe voltar no dia seguinte, acompanhado de filósofos e acadêmicos que pudessem, senão desvendar aquele mistério, ao menos livrar o pobre homem da companhia constante daqueles olhos mortos. Despedi-me do antiquário, lançando uma última vista para o retrato, e me pus a caminho de casa, de onde despacharia as mensagens necessárias. Sentindo as primeiras gotas de chuva sobre a minha face, fiz sinal a um coche, satisfeito por me afastar daquele lugar.

A chuva logo se transmutou em uma tempestade, dessas tão comuns durante os meses de junho e julho, quando o Capibaribe e o Beberibe se lançam furiosamente contra as suas margens, arrastando casas, animais e homens em sua enxurrada. Depois de dois dias, o aguaceiro já tragava pontes e vidas, transformando as vias estreitas da cidade em tributárias dos seus rios. Enclausurados em casa, minha esposa e eu assistíamos pesarosos ao piso inferior ser tomado pela água, que já cobria cadeiras e mesas. Finalmente, sob seus protestos chorosos, decidi enfrentar a tormenta e descobrir o que se havia passado com o antiquário. O dilúvio não me permitiu enviar bilhetes ou mensageiros, para ele ou para os estudiosos, mas estava determinado a chegar até a loja de M, pois sabia que não haveria ninguém mais que o pudesse ajudar. Empunhei minha sombrinha, uma candeia e uma das velhas pistolas dadas pelo meu pai, recomendação necessária, segundo ele, ao perambular pelos sertões longínquos, como minha profissão exigia. Consegui chamar a atenção de um barqueiro, finalmente convencido, pelo peso da bolsa que lhe atirei, a atravessar a cidade em uma noite tão assustadora. Encharcados até os ossos, deixamos o subúrbio e navegamos em silêncio pelos riachos tortuosos que eram as ruas da cidade.

Por mais de uma vez, a água ameaçou invadir a pequena embarcação, e não foram poucos os cadáveres que roçaram pelo seu costado baixo, boiando como dejetos na escuridão revolta. Após algumas horas, chegamos ao estabelecimento, que, por se encontrar em uma via um pouco mais elevada que as demais, ainda não havia sido engolfado pela enchente. Instruí o barqueiro para que me aguardasse e corri para dentro da loja, minha maleta em uma das mãos, a arma aferroada na outra. Chapinhei por entre os velhos badulaques, que agora se derramavam de qualquer jeito pelo assoalho úmido, gritando por M por todo o caminho, até chegar à sua oficina. Lá o encontrei prostrado, coberto por trapos imundos e seu próprio excremento. Ajoelhei-me ao seu lado, não sem antes lançar um olhar assombrado para o retrato. Os olhos cravavam-se sobre o corpo convulso aos seus pés, implacáveis.

Ignorando os grossos pingos que se filtravam do teto de madeira e que martelavam o assoalho, deitei um olhar aflito sobre M. Sua pele parecia apergaminhada, tensa sobre ossos protuberantes, enquanto seus cabelos haviam perdido toda a cor. Escaras de aspecto repugnante o cobriam da cabeça aos pés, e de sua boca escorria um filete escuro de saliva. Tomei sua mão cadavérica entre as minhas e seus olhos esbranquiçados mal pareciam discernir-me sob o lume do candeeiro. "Doutor, doutor", gemeu ele, virando a cabeça cegamente, "Foi ela, doutor. Foi ela que devastou o meu corpo em busca do meu espírito, a carcereira das almas". Procurei conter-lhe o desespero enquanto realizava pequenos e apressados exames que, mesmo naquele momento, já me pareciam há muito inúteis. Subitamente, senti uma pressão em minha mão, um esforço sobre-humano por parte daquele espectro que se esvaía diante dos meus olhos incrédulos. "Não há mais o que se salvar nessa casca, doutor. É da minha alma que deve cuidar agora. Não a deixe levar-me embora, para aquele lugar sobre a colina, aquela prisão sem nome, de onde nunca mais sairei!", clamou ele, estremecendo.

Era evidente que o homem delirava. Decidi chamar o barqueiro e, juntos, resgatar daquele lugar o pobre antiquário, se não por mais nada, ao menos para que seus momentos finais não se passassem entre a ruína e a miséria daquela cloaca. Desprendendo delicadamente sua mão das minhas, corri de volta para a rua, percebendo que a tempestade castigava com ainda mais fúria a cidade, como se o próprio Criador, em sua ira divina, desejasse afundar-nos a todos, ímpios e justos, junto com aquele tenebroso retrato. Puxei o assustado barqueiro pelo braço através da torrente, revezando adulações, promessas e ameaças, tamanha a sua hesitação. Enquanto entrávamos na loja, escutamos um lamento vindo da oficina, um urro hediondo de dor e sofrimento que lançou calafrios sobre as nossas colunas. Apressamo-nos pelo corredor abarrotado e, quando chegamos ao nosso destino, estacamos no umbral, confusos e assustados.

O antiquário não estava mais lá. Seus pertences flutuavam na água que já começava a se acumular ali dentro, mas do seu dono não havia sinal. Inconformado, procurei ao redor, gritando o seu nome, quando me deparei novamente com o retrato. A mulher em seu cenário de prata permanecia imperturbada, salvo pelos seus olhos, que agora estavam fechados. Aproximei-me, temeroso e incapaz de crer no terrível espetáculo que se apresentava diante da minha visão. Foi então que notei um detalhe, que inicialmente tomei por um reflexo fugidio sobre a superfície cristalina do daguerreótipo. Havia algo, uma forma, encerrada na janela que se abria da pequena casa sobre a colina. Horrorizado, reconheci as feições de M, um grito mudo e congelado em sua garganta, encarando-me através das grades decrépitas. Eram seus olhos que me seguiam agora, e a súplica que emanava deles era como uma lâmina sobre as minhas retinas.

Afastando-me do retrato, saquei da pistola e apontei para a mulher, disposto a estilhaçar o cristal que a separava desse mundo e libertar o pobre homem por ela aprisionado. Atrás de mim, o barqueiro desfiava orações ao Deus único e a uma infinidade de outras entidades, agarrando-se a amuletos e à pouca coragem que lhe restava. Estava prestes a disparar quando, subitamente, as palavras do velho sertanejo me saltaram à memória. Não sentia medo por parte do retrato, apenas uma expectativa exultante, uma ânsia que seria, depois de um tempo inimaginável, satisfeita. Hesitei. Finalmente, baixei a arma e, murmurando um pedido de perdão a M, pus-me a embrulhar o retrato, com qualquer material que ali estivesse disponível. Dei voltas sem fim com o barbante que encontrei, chegando a envolver o volume com o meu único casaco de boa qualidade, um dos poucos objetos que havia trazido comigo dos meus estudos no estrangeiro e ao qual era muito afeiçoado. Feito o pacote, saí daquele lugar medonho acompanhado pelo barqueiro, que já desamarrava a jangada de um poste de luz ali próximo. O pobre rapaz, compreensivelmente, recusou-se a permitir que eu pusesse os pés em seu transporte portando aquele objeto malfazejo.

"Você há de me levar e a este retrato por onde for necessário", disse-lhe eu, encostando o cano da pistola em sua testa molhada e puxando o cão com o polegar. "Ou juro, por todos os santos e pelos poderes que você cultua, que haverá mais um corpo a descer por essa enxurrada sem fim". Meu olhar foi o bastante para convencê-lo da veracidade da minha ameaça, e assim partimos. Sem reconhecer a mim mesmo, guardei a pederneira no bolso do colete, pedindo aos santos que o transtornado barqueiro não se apercebesse do estado da arma, encharcada e inútil. Tendo apanhando um ladrilho solto sobre a calçada, ordenei-lhe que me levasse para a parte mais profunda e inóspita do rio, onde apenas os caranguejos passeavam entre a vegetação que recobria os manguezais. Quando paramos, usei meu cinto para atar a pedra ao volume e, murmurando uma prece, atirei-o às profundezas negras, esperando que afundasse até a lama eterna que perfazia o seu leito.

Quando assim o fiz, sentimos uma agitação inexplicável nas águas, como se alguma criatura, gigantesca e invisível, se debatesse em um estertor de morte. Quando as ondas se transformaram em vagas que pareciam prestes a arrastar-nos para o fundo do rio, subitamente tudo parou. Cessou a tempestade e o jogar da maré, e não foram poucas as preces que o barqueiro sussurrou no ar frio da noite. Pedi-lhe que aguardasse por mais alguns instantes, mas o embrulho não ressurgiu, para o nosso imenso alívio. Exaustos em nossos corpos e almas, retornamos para a cidade, quando finalmente pude retornar para casa e aos braços ansiosos da minha esposa.

Já se passou uma década desde aquela terrível noite na loja do antiquário, que custou não somente a vida de M e o meu ceticismo. Hoje, sou um homem de saúde frágil, velho antes dos anos, de pulmões úmidos e andar vacilante. Se por um lado a Medicina me desenganou, por outro, são as garrafadas e mezinhas que minha esposa manda vir do interior que ainda me trazem algum conforto. Vivi o suficiente para presenciar a aurora da República, ainda tão jovem, mas sinto que não enxergarei a vinda do novo século e a promessa de luz e racionalidade que ele anuncia. Sei, contudo, que minha alma saiu ilesa do embate, pois, ao fechar meus olhos, tudo o que me assalta a visão é uma profunda e bem-vinda escuridão. Meu único tormento são as palavras do velho, cujo neto eu salvei tantos anos atrás. "Não esqueça, seu doutor", dizia ele, um olhar perdido nos sertões infindos que se descortinavam da janela junto à cama do menino enfermo. "Não esqueça que, assim como este que lhe presenteio, há ainda outros retratos a vagar por aí, em busca de quem os liberte de suas prisões".

Buchada

Primeiro foi o tilintar, insistente, buscando caminho pelas oiças adentro. Surgia e desaparecia como o vento, como se vento fosse, arrodeando a casa, numa hora ali junto ao pé do ouvido, noutra, parecendo estar na beirada do espinhal. Foi por ali que Polidoro viu o bode pela primeira vez. Dias e dias daquele sino badalando em seu juízo, e era no pescoço do bicho que ele tocava. Achava estranho que fosse assim todo branquinho, sem uma mancha preta que quebrasse aquela alvura de nuvem. E, como nuvem, ele ia e vinha, achegando-se e partindo quando bem entendia, nunca perto o bastante para tocar. Então vinha o sino, dando na cabeça de Polidoro, de longe irritante e rasteiro, de perto endoidecedor e gritado. Quitéria dizia "homem, não se avexe, não, que esse daí tem dono e é um que pode, não se meta". Quando perguntou quem era, o coronel ou delegado que deixava pastar solto o bode por aí, ela respondeu que não era nem um nem outro. O bicho pertencia ao Rei de Espinhos.

Polidoro não acreditava em Deus, diabo ou rei de qualquer categoria ou espécie, muito menos um que jamais se mostrava além do espinhal que era seu domínio. Queria mesmo era pôr as mãos calejadas de enxada no bode branco, pois, além do sino irritante, a fome também arrodeava sua casa. Essa se tornava cada vez mais difícil de ignorar, instalando-se naquela secura que não acabava mais, esturricando as plantações, chupando as carnes dos bois e outros animais até fazê-los esqueletos sob o sol que pesava na cabeça. E o bode lá, gordo, pimpão, trotando para lá e para cá, incapaz de dar um mé ou bé que fosse, mas badalando o sino no pescoço, como um martelo de ferreiro na bigorna que era a mente de Polidoro. Resolveu que ia pegá-lo para si e para a mulher, que não gostou quando ouviu a ideia. Benzeu-se vezes sem conta, repetindo "homem, faça isso não, ali tem dono e a parada é dura". Quitéria tinha lá suas ojerizas e seus medos, mas calou-se sob a autoridade nos olhos do marido. Polidoro deu-se por satisfeito e saiu de casa, chapéu na cabeça para segurar o sol que abrasava, facão na mão, pois era incrédulo, mas também não custava se prevenir.

Partiu atrás do tilintar, seguindo o ouvido e as marcas no chão rachado. Rodou e rodou, o som indo e vindo, como se mangando da sua persistência. O sol castigava a cabeça e dava combustível ao ódio que queimava Polidoro por dentro. Afinal, quando já ia dar por perdido, viu. O bode parado junto à beirada do espinhal, quieto e calado como se esperasse. Olhou os chifres e estranhou. Não eram os cornos que costumava ver em animais do mesmo tipo, que se diferenciavam mais pela cor e tamanho. Eram galhadas tronchas e negras, cobertas de espinhos. A brisa acarinhava a sineta de quando em quando, como que chamando. Polidoro foi. Só quando muito perto, o bicho se mexeu, embrenhando-se entre os galhos secos. Seguiu por entre os arbustos e sarças, o homem atrás. Quanto mais Polidoro se entranhava, mais leve o sol ficava em sua cabeça, as galhas pontudas e retorcidas parecendo agarrar a luz, sem deixar que tocasse o chão. E o bicho indo, sabia-se lá para onde, talvez junto do dono. Polidoro estremeceu. Decidiu que já caminhara demais por aquela refeição. Deu uma carreira, e dela um pulo. Pegou o bode pelos chifres e gritou quando os espinhos se enfiaram em sua mão. A raiva e a dor comandaram o golpe, e o facão desceu certo no pescoço alvo. Uma, duas, três vezes, até o bode parar de se remexer, sem dar um berro sequer. O sino caiu, badalando uma última vez.

Polidoro guardou a lâmina e, com a mão boa, foi arrastando a carcaça para longe dali, seu sangue se misturando ao do bode morto, a pelagem agora maculada de vermelho. Só queria sair logo daquele espinhal e assim o fez, grunhindo e bufando com o peso que carregava. As galhas secas foram rareando e o sol voltou a malhar seu juízo. Seguiu em um manquejar penoso até a casa, ali naquele meio de nada, berrando o nome da mulher. Quando ela se achegou na porta, deixou o corpo ainda quente aos seus pés, mandando que ela tratasse bem dele, que a fome era muita e matar abria o apetite. Queria uma buchada com tudo o que tinha direito e mais. No começo, Quitéria balançou a cabeça, persignando-se e olhando para a caatinga ao longe, como se esperasse que algo saísse de lá e marchasse em sua direção. Mas olhou a figura medonha que o marido fazia, os olhos esbugalhados e a mão lavada de sangue, facão sujo passado na cinta. Obedeceu.

Levou a carcaça para dentro e foi trabalhando, recolhendo o sangue que ainda havia, abrindo a barriga e recolhendo os fatos para fazer o sarrabulho. Deixou separados agulha e linha, para costurar o estômago em bolas. A cabeça ela ferveu até os pelos caírem, que aquela buchada seria completa.

Então Polidoro deixou-se ficar do lado de fora, enrolando um cigarro na mão ferida, as roupas ainda empapadas de suor e sangue. Silêncio abençoado, pensou, olhando o horizonte crestado de sol, que afinal começava a descer pelo céu claro. De dentro da casa já vinha o cheiro do cozinhado, e ele agora salivava em antecipação. Que o dono aparecesse para reclamar, o convidaria para se sentar e comer, até dividir uma garrafa, que depois de uma lapada a amizade haveria de florescer. Se não, o facão continuava na cintura, nem limpou que era para o caso de ter que fazer uso novamente. Esperou e esperou, fumando sossegado e dando trela à fome que aumentava. Quando a mulher afinal serviu, atirou-se feito uma suçuarana à presa. Partiu as bolas de vísceras e esbaldou-se no sarrabulho, chupando os ossos, mastigando as tripas, engolindo os miúdos, juntando ainda uma cuia de farinha boa. Ali junto, a cabeça descarnada, língua desfalecida entre os dentes, com seus estranhos chifres retorcidos, parecia vigiar o banquete do próprio corpo através das órbitas vazias. Quitéria se mostrou enfastiada, mas Polidoro não se fingiu de rogado, decidido a dar vencimento na buchada inteira, sozinho mesmo, e foi o que fez. Terminado, foi para fora, olhar o céu que se avermelhava de crepúsculo e peidar em paz.

Assim ficou, tomando umas lapadas pequenas, cuidadosas, da cachaça, até que sentiu uma pontada.

Pobre quando come, se lambuza. Lembrou-se das palavras da mãe e sorriu, experimentando um calor que vinha em ondas. Desacostumado à fartura, Polidoro suava um suor amarelo, grosso. Enxugava a testa nas mangas da camisa, praguejando baixo e alisando a barriga protuberante. Soltou um peido estralado, depois outro, parecendo traque de massa em festa de São João. Nem ele aguentou a catinga. Abanava-se e abanava o nariz com o chapéu, uns arrotos de queimar a garganta e assanhar o bigode. Sentiu que algo se remexia dentro de si. Abraçou a si mesmo, gemendo com os calafrios que desciam da nuca até o olho do cu. Da porta da cozinha, Quitéria olhava, desconfiada, enquanto o marido se contorcia. Agora grunhia feito porco, tremendo da cabeça aos pés, a camisa colada ao corpo de suor. Viu quando ele resolveu desabotoá-la, como se para dar espaço ao peito respirar. Então olhou para a barriga inchada, a carne ondulando sob a pele, que afinal se rompeu. O homem cobriu o rasgo com as mãos, como se quisesse conter o que de dentro dele saía, enquanto berrava de agonia. Quitéria imitou o grito quando viu o sangue descer, mais ainda quando do buraco despontaram os chifres espinhosos.

Polidoro se batia no chão enquanto o bode branco surgia do seu âmago, silencioso a não ser pelo sino no pescoço. Aos poucos foi parindo o bicho enquanto urrava, cabeça primeiro, depois as pernas da frente e seus cascos, metade do corpo e afinal os quartos traseiros. Quitéria caiu de joelhos, reconhecendo a autoridade da criatura, a ela concedida pelo seu dono e mestre. Peço perdão, meu Rei, peço perdão, por Nossa Senhora e todos os anjos, peço perdão por mim e por esse homem que não sabe o que faz. Assim ficou por muito tempo, prostrada, até que o bode olhou para Polidoro ainda se estrebuchando, e depois para ela. Quitéria entendeu. Pegou agulha e linha, e começou a costurar o marido, jogando para dentro as tripas esparramadas. O bicho virou as costas e partiu, o sino a badalar no pescoço quarado. Polidoro permaneceu entre os vivos, mas nunca mais se interessou por qualquer coisa que fosse. Passava os dias fora de casa, olhando para o nada, oco por dentro, no corpo e no juízo. Muito de vez em quando, a brisa batia vinda da mata e ele estremecia, escutando o tilintar do sino.

Jardim das delícias

Deus sabe que, no dia em que dele comerem, seus olhos se abrirão, e vocês, como Deus, serão conhecedores do bem e do mal.

GÊNESIS, 3:5

Acerola bonita daquele jeito ela nunca tinha visto. Lustrosa, faiscando em cachos encarnados quando o sol tocava os galhos pesados, prontos a deitar ao chão seu fardo. Era o pé mais perto do muro grosso e rachado que separava a rua de terra batida do cemitério, do outro lado. Tonha olhou para as frutas, depois em derredor, para o mato seco e raquítico que ombreava o caminho, depois para Socorrinha e seus olhos de desaprovação, depois para a parede. Realizou complicados cálculos mentais, medindo distância, altura e velocidade. Não saberia reproduzir aquela matemática própria em uma folha de papel, mas chegou a um resultado de qualquer forma. O sorriso que abriu era de confiança adolescente.

— Vou pular.

— Tonha, tu não é doida.

— Doida era se eu deixasse a acerola pro passarinho comer.

— Ave Maria, isso é pecado — persignou-se Socorrinha, braços cruzados sobre o peito reto.

— É nada, São Francisco cuida dos animaizinhos.

— É pecado roubar e deixe de suas pilhérias!

— Roubar de quem? Quem é o dono?

— Se cercaram é porque é de alguém. — Socorrinha olhou para as pontas de cruzes que emergiam de trás do muro, agoniada. — Mesmo que não seja vivo.

— E morto lá é dono de nada? — Tonha ergueu a barra do vestido de algodão cru, descalçando as alpercatas. — Nem muito menos sente fome.

Marcou carreira. Chispou pela terra seca, tomou impulso e deu um pinote frente ao muro, usando um pé de apoio na fachada gasta. Alcançou o beiral, batendo o peito magro na alvenaria. Bufou e grunhiu até chegar ao topo, dobrando o corpo franzino para o lado e esticando uma canela para o alto. Suada e sem fôlego, sentou-se com uma perna lá e outra cá, fingindo que as palmas das mãos não ardiam. Sorriu altaneira para Socorrinha do outro lado da estrada.

— Menina, tu morre!

— É bom, que basta enterrar.

— Deixe de suas pilhérias!

Tonha estirou a língua para a amiga e voltou-se para o cemitério. Via agora as lápides arrumadas em sucessão, como um jardim de granito e mármore que nunca fenecia. O vento agitou seus cabelos e não lhe trouxe som nenhum. Apertou os olhos contra o sol da tarde, em busca de um cortejo ou de um vigia, mas as ruas entre as tumbas estavam vazias. Junto de si, a aceroleira. O galho se alongava em direção ao muro, qual mão acusatória apontando para a terra dos vivos.

O silêncio abria alas para o coração de Tonha ribombar pelo resto do corpo, mas ela se fez de mouca às batidas cada vez mais fortes. Abraçou o muro com as pernas e se inclinou para o pé de acerola. Esticada em seu poleiro de argamassa, ia pesando cada vez mais para o chão do cemitério. Sentiu que um dos pés deslizava pela cal velha, as frutas quase ao alcance dos dedos. Ouviu o grito de Socorrinha e ela mesma achou que cairia. Agarrou uma acerola com a ponta dos dedos e lançou-se para trás, num átimo. Caiu agarrada com pés e mãos ao muro, a respiração denunciando o pulso descompassado. Desceu assim que as forças retornaram às pernas, que era para não fazer papel de frouxa.

— Quer?

— Olhe bem pra minha cara, Tonha. Só se eu fosse doida de comer fruta de cemitério.

— Azar.

Tonha arrancou o pequeno talo do alto da frutinha e admirou seu rubor por um momento, antes de levá-la à boca. Sentiu o sumo agridoce recobrir a língua, mastigando a carne macia devagar. Nunca tinha provado uma acerola de tal sabor, nem mesmo quando ia à feira com os pais.

— Tava era boa.

Sorriu zombeteira ante a expressão chocada de Socorrinha, achando que a amiga desaprovava seus atos, como era de costume. Só depois percebeu a dormência que lhe escalava o corpo a partir das pernas, transformando-se em escuridão ao alcançar a vista. Quando lembrou de abrir a boca para gritar, já estava no chão.

***

Estava no Açude Velho agora, e viu um homem arrastando um rapaz pelos cabelos até a beira d'água. Tonha gritou, mas não ouviu a própria voz, apenas a do menino, que se debatia e implorava. Perdão, meu pai, perdão, e tentava se agarrar aos joelhos do homem, que lhe chutava as costas, o peito, a cara, punha-o para seguir em frente, primeiro cambaleando feito um bêbado, depois de quatro qual bicho. Tonha queria correr dali, esconder-se, mas os pés pesavam. Plantada onde estava, ela mesma um pé de acerola, ficou olhando, as mãos tapando a boca muda. Pensou que reconhecia o homem. Sua barba ainda era escura e não trazia no rosto as marcas do tempo tais e quais ela havia conhecido. Era Coronel Bento Ramalho ali na sua frente, ombros largos e barriga reta, o avesso da figura mole e grisalha que via sobre o cavalo quando visitava a cidade. Ele trazia os olhos injetados de sangue, lágrimas e determinação, fazendo-se de mouco aos gritos do menino de cabelos negros, de nariz tão semelhante ao dele. E assim adentrou a água, deixando-se engolir até a cintura. Abaixo dela, o rapaz. Tinha o pescoço fino entre as mãos fortes, berros transformados em bolhas, até não haver mais nenhuma delas e seu corpo parar de estrebuchar. Tonha viu sem querer ver e gritou sem conseguir gritar, mais e mais, sentindo que ela mesma se afogava, até que não estava mais no Açude Velho e sim no colo magro de Socorrinha, que a sacudia com olhos arregalados.

— Meu Padre Cícero, Tonha, achei que tu tinhas morrido!

Tonha se agarrou à amiga e assim permaneceu por um longo tempo, com medo de fechar os olhos e voltar àquela beira d'água.

***

O cuscuz permaneceu intocado, chupando o leite com sofreguidão. Tonha observava as latas que se espalhavam pela casa, enfeitando prateleiras, decorando a mesa, empilhadas no quintal. Olhava ao redor, os pensamentos puxando-a de volta ao Açude Velho, até a voz de sua mãe trazê-la ao presente.

— Minha filha, que leseira é essa?

— Senhora?

— Não vai comer?

— Não tô com fome, mainha.

— Deixe de novidade!

A mãe tocou a testa de Tonha com as costas da mão, sorrindo aliviada ao não encontrá-la quente. Chamou atenção para o prato em frente à menina e foi rodopiar pela cozinha, areando panelas, limpando o fogão, tirando e colocando latas do lugar. Tonha enfrentou a comida sem entusiasmo, sentindo o cuscuz insosso e sem graça na língua. Preferia o azedo da fruta. Estremeceu ao lembrar. Brincou com o prato, fez uma represa de fubá e um açude de leite. Arrumou dois pedaços de charque junto da beirada. Bateu a colher na louça, irritada consigo mesma. A mãe voltou-se de sobrancelhas juntas, a indagação morrendo nos lábios com a chegada do pai. Ele abaixou-se para cheirar sua cabeça e quedou o fardo no chão irregular da cozinha, antes de beijar a esposa. Tonha adivinhou as latas dentro da estopa antes de ouvir o tilintar metálico. Era só o que se via dentro daquela pequena casa. Grandes latas redondas de abacaxi em calda, fazendo as vezes de fogareiro. Latas de massa de tomate, cortadas e moldadas à guisa de lampião, um pavio de cordão novo escapando da biqueira. Latas de marmelada branca transformadas em reco-recos e tamborins. Pequenas latas de goiabada e de suco de maracujá servindo de copos e canecas, por vezes antropomorfizadas em mulheres grávidas, beatas, lavadeiras, vendedoras de tapioca, vaqueiros, cangaceiros, padres, médicos, bêbados, coronéis. Sentiu um arrepio.

— Painho, o senhor conhece Coronel Bento Ramalho?

— De vista, minha filha, por quê?

— Ele tem filho?

— Teve. Morreu afogado no Açude Velho muito antes de você nascer.

A colher tremeu na mão de Tonha, chocando-se contra a barragem de flocos de milho. O leite se espalhou pelo prato, amolecendo os torrões, afogando os pedaços de carne seca. Tonha reuniu coragem para falar.

— E como foi isso?

— Parece que ele bebeu e resolveu nadar. Só acharam o corpo no outro dia.

— Que conversa é essa de gente morta na mesa?

— A senhora conheceu ele, mãe?

— Eu sabia quem era. Todo mundo sabia. Arturzinho era um rapaz muito bonito, muito educado. Estudou na capital e até fora do país.

— Coronel Bento Ramalho queria que ele fosse bacharel, mas o menino inventou de ser artista. Eles brigavam muito. Depois que ele morreu, não teve mais ninguém pra cuidar da fábrica.

O pai coçou a barba por fazer com a mão esquerda enquanto descansava o braço direito na mesa. Tonha ficou de rabo-de-olho, observando o toco liso e abaulado onde deveria haver uma palma e dedos brotando dela. Em seu lugar, uma cicatriz retorcida, qual lacraia cinzenta a se arrastar antebraço acima. Forçou-se a mais três ou quatro colheradas do cuscuz, espalhou a comida pelo prato de modo a parecer que havia menos sobras e se levantou. Na ponta dos pés, beijou a mãe e o pai e se dirigiu à porta.

— Vai encontrar com Socorrinha?

— Vou, painho — mentiu, sem culpa.

— E quem vai ajudar com as latas?

— Deixe a menina brincar que hoje é sábado.

Tonha sorriu agradecida e correu porta afora. Saiu andando e assim permaneceu, passando pela casa de Socorrinha sem bater palmas no portão, como sempre fazia. Foi caminhando sob o sol fresco da manhã, vendo as casas rareando e dando lugar ao mato seco, até deter-se frente ao cemitério. Aproximou-se do velho portão de barras grossas e comidas pela ferrugem, pensando em voltar ao lugar do dia anterior e marcar nova carreira muro acima. Notou que a corrente e o cadeado não se encontravam lá e empurrou a grade com toda a força que tinha, que não era muita. A ferragem deu passagem com um gemido contrafeito, e Tonha hesitou.

Olhou em derredor mesmo sabendo-se sozinha, o vento silencioso agitando seus cachos negros. Hesitou apenas o necessário para que a curiosidade vencesse o receio. Entrou.

As lagartixas correram ante as suas passadas, arrastando o ventre inchado sobre a areia. Gabirus se esconderam em suas tocas, tão barrigudos que mal passavam pelos buracos. Até os besouros que rastejavam pelas pedras eram grandes e lustrosos, brilhando quase metálicos sob o sol, depois de se fartarem das carnes pútridas que encontravam debaixo da terra. Tonha passeou pelas ruas vazias da necrópole, ladeada pelas casas dos mortos, umas humildes, outras suntuosas, refletindo que a diferença entre eles e os vivos era pouca. Viu lápides que não passavam de pedras mal cortadas, portando nome e data sobre um montículo gramado. Já tinha ouvido falar das gavetas que agora via, como as da cômoda um dia pertencente à sua avó e agora usada por sua mãe, mas que não guardavam calçolas e sim ossos amontoados. Havia tumbas que não eram mais do que cruzes mal-ajambradas sobre a terra, sem dar notícia daqueles que repousavam debaixo dela.

Mas viu também mausoléus que se erguiam como mansões de granito, protegidos por portões de ferro trabalhado. Passou por sarcófagos gêmeos que abraçavam casais de amantes, encimados por anjos de pedra de olhos cegos. Admirou os jazigos ajardinados, repletos de flores vivas e bem cuidadas, com bancos de madeira branca e ferro negro, como na praça da matriz. Vadeou pelas catacumbas dos ricos, tão mortos quanto os pobres, até deter-se em frente a uma. Era um nome longo, como de príncipe, chamando-lhe atenção o "Artur" e o "Ramalho" sob a efígie marmórea, branco sobre negro. Reconheceu o perfil do rapaz do Açude Velho, o nariz que pertencia tanto ao pai quanto ao filho. Seguiu em frente.

Deparou-se primeiro com a sombra, depois com a mangueira em si, os galhos frondosos escurecendo a terra ao redor. Tonha mordeu o lábio, buscando motivos para não seguir o próprio plano. Concluiu com sinceridade que o que sentia não era incerteza, mas medo mesmo, e se forçou árvore acima. Agarrou-se ao tronco com destreza acostumada, alcançando os galhos mais baixos e passando aos mais altos. Em pouco tempo tinha o cemitério sob os pés sujos, observando a aceroleira ao longe, dançando levemente à valsa silenciosa do vento. Junto de si, as mangas balançavam, algumas maiores que sua cabeça, vestindo tons de rosa e amarelo, quase estourando de maduras. Deu três puxões para pegar a que estava mais próxima e guardou-a junto ao ventre, dentro do vestido, como que grávida de uma fruta. Desceu da mangueira com cuidado e caminhou rumo à saída, lagartixas, gabirus e besouros gordos parecendo vigiar seus passos de dentro de buracos e fendas escuras. Bateu o portão atrás de si e correu para casa. Chegou esbaforida, abraçando o próprio corpo e relanceando olhares desconfiados. Rumou para a cozinha, e pegou um prato e uma faca.

— Vai comer antes do almoço?

— É fruta, mainha.

— Quem lhe deu?

— Caiu de madura.

— Mulher, deixe a menina, hoje é sábado.

— Pois depois do almoço ela vai ajudar, que a quermesse é semana que vem.

Tonha sorriu o sorriso falso de quem tem um segredo e correu para o quarto, enquanto os pais se ocupavam com as latas e as ferramentas nos fundos. Encostou a porta. Com a rapidez do costume, cortou fora a casca da manga, deixando à mostra a polpa amarela e úmida, o sumo doce escorrendo para o prato. Partiu a carne em pedaços, deixando apenas o caroço arrepiado. Ajeitou-se na cama, verificando se havia deixado um bom espaço atrás de si, e começou a comer. Mastigava devagar e hesitante no começo, para depois encher a boca de fruta com gosto, a baba amarelenta riscando o queixo. Engoliu tudo e lambeu os dedos lambuzados. Já estava no mindinho quando a vista escureceu e ela desabou qual boneca de pano.

***

Um bode. Heráclito já nem tentava mais disfarçar as manchas de suor nas axilas, enquanto ponderava se deveria levar a queixa a sério ou tratá-la como uma brincadeira de mau gosto. Havia sumido do cercado de um cidadão e agora cabia a ele investigar a cena do crime, um terreiro fedorento, cercado por varas toscas, de onde, aparentemente, o animal havia sido subtraído. O escrivão mal disfarçou o sorriso ao lhe passar o caso, em tudo semelhante aos outros que se aboletavam em sua escrivaninha, naquela delegacia esquecida por Deus, mas não pelos cidadãos que perdiam seus bodes.

Um bicho catingoso, como se dizia naquelas paragens, mas que fazia boa figura assado, acompanhado de um bom pirão. Heráclito alisou a barriga redonda, pensando que a comida de sustância, para ele um tanto exótica, era uma das poucas compensações de ter sido removido para aquele sertão. A esposa, pelo menos, não reclamava, já se envolvendo com as atividades da igreja e fazendo amigas, enquanto ele ainda se sentia perdido naquele lugar. Mas apenas ali era doutor Heráclito, delegado, onde não precisava se preocupar em correr atrás de subversivos como se fazia nas capitais. Olhou ao redor, enquanto o homem à sua frente explicava que tinha um vizinho muito do invejoso, que lhe queria mal. Um bode. Balançou a cabeça, respirou fundo e permaneceu onde estava, suando e escutando.

***

O cheiro nascia na cozinha e se espalhava pela pequena casa, tornando seu cada cômodo. Tonha e Socorrinha se encostavam no parapeito da janela do quarto, apoiando os queixos sobre os braços finos. Na casa da frente, a pequena televisão exibia homens e mulheres sem cores, o volume alto para que pudessem escutar de onde estavam. As meninas assistiam atentas à novela, mastigando em silêncio os alfenins que tiravam do saco de papel. A cada novo intervalo costuravam o fio da conversa partido pela história na tela.

— Eu juro.

— Jurar é pecado.

— Tudo é pecado nessa vida! Pois eu vi, com os olhos que essa terra há de comer.

— Seu Fininho da farmácia danando o punhal na esposa.

— Vi.

— E irmã Zélia saindo do convento de madrugada para enterrar um bebê no cemitério.

— Vi.

— Depois de comer uma manga?

Socorrinha olhou o alfenim que trazia entre o indicador e o polegar, um pequeno jacaré de açúcar que deixava seus dedos brancos, enquanto Tonha voltava a falar.

— Depois da manga eu vi Salete da pensão, que nem viva é mais, dando comprimido ao marido até ele morrer, que disseram depois que foi o coração, tá lembrada? E vi também Catingueira, aquele esmoléu que sumiu no oco do mundo, empurrando cego Abelardo da escadaria da igreja. Mas depois que eu comi a jaca vi muito mais.

— Comesse uma jaca inteira, Tonha?!

— É com isso que tu se espanta? E esse monte de gente morta?

— Isso aí eu sei que é mentira tua.

— Mentira. Deixe estar, bichinha. — Tonha passou um alfenim para a amiga, dirigindo-lhe um olhar magoado. Começou a ajeitar um travesseiro atrás de Socorrinha.

— Mentir é pecado. — Socorrinha colocou o doce na boca, sentindo-o mais duro que o normal e mastigando ruidosamente. Carregou o sobrolho. — O que tu tanto faz aí atrás?

— Eu nem devia, que tu não merece, me chamando de mentirosa. Mas só por isso, vai perder o final da novela hoje.

— Que história é essa? — Socorrinha fez uma careta, sentindo o agridoce na língua e engolindo sem dar trela. Olhou para Tonha e a viu tirando uma das mãos do bolso do vestido e descerrar o punho, a palma cheia de pitangas. Olhou para as frutas, depois para o sorriso de mofa da amiga e soltou o primeiro palavrão da vida, antes de tombar sobre o travesseiro. Tonha deixou escapar um suspiro e continuou assistindo à televisão. Na casa à frente, as cabeças dos vizinhos brotavam enfileiradas da janela. Via as nucas e essas se quedavam imóveis, acompanhando a novela. A imagem era chuviscada e abaulada, deformando João Coragem e os irmãos, armas em punho como os mocinhos do cinema, cujo palavreado ela não entendia. Minutos depois, Socorrinha se levantava de olhos arregalados, agarrando os ombros da outra menina.

— Tonha, eu vi! Seu Salim Turco, que disseram que tinha se matado! Foi o filho que deu remédio de rato pra ele beber!

— Acredita agora?

— Meu Padre Cícero, isso é visagem que o cão manda!

— Se é, eu não sei. Mas desse jeito não fica.

Tonha calou-se, um sorriso triunfante nos lábios. Socorrinha, ainda trêmula, recusou os alfenins que a amiga oferecia. Abraçou o travesseiro e assim permaneceu, até a vizinha acenar do outro lado da rua e desligar o aparelho. Nenhuma das duas meninas dormiu muito naquela noite.

***

Heráclito olhou para a fruta redonda e escura em sua escrivaninha, e depois para as duas meninas sentadas à sua frente. Ambas franzinas, uma alta e pálida, olhos esbugalhados pelos óculos fundo de garrafa, longa trança caindo sobre o peito, a torcer as mãos no colo. A outra pequena, escura, os cachos negros presos de qualquer jeito, braços cruzados e queixo empinado, encarando-o sem piscar. Suspirou.

— Então, deixe-me ver se entendi. As senhoritas tomaram ciência de vários assassinatos aqui na cidade.

— Foi, sim senhor.

— E quem contou isso foram as frutas.

— Que besteira, seu delegado, fruta não fala. Elas *mostraram* pra gente.

— Tonha!

— Certo, vocês enxergaram pessoas sendo mortas.

— Foi, sim senhor.

— E me trouxeram uma... essa...

— Pitomba, doutor Heráclito. Não é possível que o senhor não saiba o que é uma pitomba.

— Tonha, deixe de ser grossa, seu papel de embrulhar prego!

— Que as senhoritas roubaram do cemitério...

— Roubei nada de seu ninguém, doutor Heráclito. Quem é o dono?

— Se cercaram é porque é de alguém. — Heráclito foi categórico, embora ele mesmo não depositasse muita fé no que dizia.

— Eu não disse?

— Me poupe, Socorrinha. Eu quero saber é o que o delegado vai fazer.

Heráclito soltou o ar ruidosamente, empurrando a cadeira para trás e passando um lenço pela testa ainda desacostumada do calor que parecia jamais ir embora. Nem bem três meses que havia sido removido para aquele fim de mundo e encontrava-se com duas molecas e uma pitomba em seu gabinete. Havia de ter uma conversa séria com seus subordinados, certamente de risadagem pelas suas costas, após deixarem as duas meninas entrarem em seu gabinete. Tinha de se impor. Podia ser novo ali, mas não se permitiria desmoralizar daquela forma. Não era para aquilo que havia sido nomeado, afinal. Que diria o prefeito, se por ali aparecesse? O prefeito. As meninas disseram algo sobre ele. Uma bobagem sem pé nem cabeça, que o homem havia sufocado a esposa com um travesseiro de hospital. Tinha cabimento? Não tinha. O prefeito era homem sério, seríssimo, ainda vestia luto pela falecida. Falecida de causas naturais, evidentemente. Claro que havia escutado boatos aqui e acolá, mas, numa cidade daquele tamanho, estranho era se não houvesse. Assassinato, pois sim. Pigarreou ruidosamente e pousou um olhar pesado sobre as meninas. A altona curvou-se logo, a outra empertigou-se ainda mais. Diabos.

Sabia quem era. Já a tinha visto ajudando os pais na feira, barraca montada e, sobre ela, cacarecos de lata sem nenhum valor. Lembrou do toco que era o braço direito do pai, a arrumar a mercadoria no tabuleiro. Habilidoso, ainda que maneta. Era metalúrgico na fábrica de doces, contaram-lhe, manejava bem os tesourões, guilhotinas e ferros de solda. Por anos, havia cortado, frisado, bordado, enrolado, cravado e fechado tudo que era qualidade de lata. Até que uma máquina comeu sua mão. Dissera a chefia que a culpa havia sido dele mesmo, e, ademais, a fábrica declarou falência pouco depois. Desde que havia chegado àquela cidade, o que mais via era ex-operários reduzidos a subir a Serra de Ororubá atrás de serviço, quebrando as costas na colheita da banana e da goiaba. Os tomates, a praga havia matado fazia quase uma década. Solidária, a indústria havia seguido o mesmo caminho, e o comércio queria arremedar o destino. Diabo de lugar. No Sul não era assim. O primo mesmo havia comprado um Corcel vermelho e um toca-fitas último tipo. Tudo na prestação, assim como o apartamento novo, mas que importava aquilo? A Seleção havia acabado de bater os italianos e trazer uma Copa para o povo. Tudo ia bem. Tamborilou os dedos na mesa antes de voltar a falar.

— Eu devia era chamar os pais das duas aqui, isso sim.

— Pois pode chamar, que eu...

— Agora você me escute, mocinha. Eu tenho mais o que fazer, está entendendo? — Heráclito apontou para uma pilha de processos intocados em sua escrivaninha. Alteou a voz, lançando um olhar pela delegacia. — Não sou nenhum palhaço e exijo respeito.

— Mas o senhor...

— Sem mas, nem chororô. Saiam as duas, senão recolho ao xilindró.

Empurrou as meninas para fora, esperava que mais gentil do que firme, a branquela mansa, a pretinha esperneando e bufando. Gritava, mandando-o comer a bendita pitomba e ver com os próprios olhos. Colocou-as para fora da delegacia e bateu a porta, aliviado. Retornou sob os olhares fugidios dos subordinados, mas fingiu não perceber. Alisou o bigode, subiu as calças e marchou de volta ao seu escritório, exalando dignidade. O recado estava dado, pensou, triunfante. Largou-se na cadeira com um suspiro e relanceou o olhar pela mesa, tentando se organizar para o resto do dia, a barriga dando os primeiros grunhidos de fome. Ali, bem no meio da papelada, repousava a pitomba. Tomou-a entre os dedos, desconfiado. Não lhe cheirava a nada. Virou a cabeça de lado a lado, discreto. Pôs a fruta na boca. Sentiu apenas uma bola dura e sem gosto rolando pela língua. Cuspiu na lixeira, mal-humorado. Naquela cidade, até as crianças passavam trotes. Mas havia de se impor. Bebeu um copo d'água para tirar o gosto de nada da boca e abriu a primeira pasta da pilha de processos. A pitomba, a casca incólume, permaneceu onde estava.

***

Tonha ficou olhando aquele pomar que emaranhava de verde o cemitério, o vento silencioso tocando as pontas dos galhos. Não entendia aqueles pés-de-fruta que desobedeciam às estações e davam o ano todo. Por sobre um mausoléu que mais parecia uma casa, estragavam-se carambolas, luzidias feito pepitas de ouro. A sombra de uma romãzeira cobria as lápides de uma família inteira, pai, mãe e filhos lado a lado, todas cobertas de sementes carmesins. Perguntou-se se o coveiro, que nunca aparecia, fazia uso daquela fartura toda. Seus pais por vezes lhe contavam as histórias de suas infâncias, quando tudo naquela cidade era fruta e açúcar. Chaminés que despejavam fuligem para o alto, mas de onde escapava o cheiro de doce que permeava cada rua e casa. Os caminhões rodavam sem parar, trazendo frutas dos sítios nos arrabaldes para as fábricas. Virava tudo doce, as latas embarcando para a capital e até para o exterior. E mesmo as pessoas eram mais doces, dizia seu pai, um olhar distante, coçando agoniado a mão que não estava mais lá. Nunca havia conhecido aquela doçura. O que via era o amargor de uma gente que havia desgostado do amanhã. Achegou-se de Socorrinha, com seu saco de estopa nas costas ossudas. Empunhou o seu próprio e lançou mais um olhar para a vastidão daquele jardim, cuja terra comia a carne podre e arrotava frutas gordas. Sorriu e começou a apanhá-las.

***

A igreja estava enfeitada de luzes, bem como a praça da matriz. Os alto-falantes nos postes tocavam músicas e faziam reclames, anunciando produtos e juras de amor. De quando em quando, silenciavam para que a retreta recomeçasse no coreto. A banda militar se entregava com gosto à fanfarra, tocando dobrados desafinados para o povo ao redor. O parque de diversões se espalhava pelas vias, aqui um carrossel, ali uma pequena montanha-russa. Mais à frente, as barcas paralelas a jogar para cima e para baixo; do outro lado da rua, o trem-fantasma, todo vestido de negro. A roda-gigante só o era no nome, casais trocando beijos fortuitos no seu curto zênite, enquanto ali junto os carrinhos elétricos abalroavam uns aos outros, seus motoristas gargalhando a cada coice. As barracas se perfilavam no largo, descansando sobre os paralelepípedos pisados e repisados pela multidão. Homens de chapéus anacrônicos e bigodes fartos se acercavam dos jogos, tentando pescar as novas notas de cruzeiros, apostando na roleta ou atirando argolas sobre brindes. Outros se muniam de espingardas e disparavam contra sacos de confeitos e carteiras de cigarros, alças de mira tão desajustadas que apontavam para tudo, menos o alvo.

Do outro lado, vinham os pregões e o cheiro de comida feita na hora, espalhando-se pela praça, vez por outra iluminada pelo assovio dos fogos de artifício. Era gente que vendia amendoim, pipoca, tapioca e milho em todas as suas modalidades e derivações; cozido ou assado na brasa, em forma de mungunzá, canjica ou pamonha. E ainda algodão--doce, maçãs-do-amor e alfenins. Cachorros-quentes de carne moída com rodelas de tomate e pimentão, e pastéis recheados apenas de imaginação. Caldos-de-cana picados, gengibirras, cachaças e refrescos gelados. A mãe de Socorrinha exibia seus bolos na barraca forrada de toalha de linho alvo e não dava para quem queria. O Souza-Leão já não mais se encontrava, e o de macaxeira ia pelo mesmo caminho. O de mandioca ainda se conseguia, bem como o pé-de-moleque e o barra-branca, mas os bolinhos de bacia já haviam sumido todos. Daquela vez, a filha não ajudava a mãe, como sempre fazia. Atrás de uma banqueta onde mal se equilibrava um tabuleiro, Socorrinha e Tonha, a primeira muito séria, a segunda sorridente, atendiam os próprios clientes. O povo passava e achava graça das duas meninotas, e comprava o produto mais por simpatia do que por vontade. Tonha havia arranjado as latinhas em casa, assim como Socorrinha tinha tomado emprestado da mãe o açúcar que havia sobrado dos bolos. Com o dinheiro pouco que as duas haviam juntado, compraram outros ingredientes; canela, cravo, hortelã, gengibre e mais. Passaram a noite anterior se esfalfando na cozinha.

E as pessoas vinham, umas encantadas, outras céticas, todas concordando que era mesmo muito barato. Quase de graça. Por que não levar então? Levavam, quase todas. Levou o padre, benfazejo, abençoando as duas meninas. Levou a professora de piano, de olhar guloso. Levou o turista, e de muito, prometendo que ia presentear os amigos. Levou a dona da mercearia, desconfiada. Levou o molecote, com dinheiro dado pelo pai. Levou a escrivã do cartório, o policial de folga, a fofoqueira de plantão, o usineiro arruinado, a moça da casa da luz vermelha, o médico de mãos trêmulas, a esposa do padeiro, o rapaz apaixonado, a velha que costurava bonecas. Levou até o mendigo, sem precisar pagar um tostão. O delegado se acercou da banca, a bela esposa ao lado, braços entrelaçados. Examinou as latas e olhou para as meninas, o tom entre severo e divertido.

— Pois então, pararam com aquelas histórias de gente morta.

— Lembro nem disso, doutor Heráclito, eu quero é ganhar dinheiro.

— Mas isso é doce de quê? — a esposa do delegado sorria em dúvida, rolando uma das latinhas entre os dedos finos, as unhas bem pintadas como uma porcelana. — É de mamão? Ando com desejo de bananada ou cajuada, aqui tem?

— Aqui tem isso e muito mais, freguesa. Doce mais doce que esse não há, garanto. — Tonha estendeu uma latinha sorridente.

— É tutti-frutti que chama — esclareceu Socorrinha, muito séria, passando o troco.

O casal se afastou, atraído para o palco onde se enfrentavam os repentistas. No caminho, se detiveram frente à barraca dos pais de Tonha, lataria de tudo que era formato e natureza em sua bancada. Socorrinha se benzeu, mas Tonha sorriu, vendo que o doce se acabava ligeiro e difícil era encontrar alguém ali que não estivesse levando um para casa. Naquela noite iria para cama esperando o amanhã com uma vontade que há muito não se via naquela cidade. Ao longe, a gulodice derrotava o delegado, que abria a lata e provava do doce, para então revirar os olhos e as pernas se dobrarem sob o peso do corpo inchado. Por toda a festa, outros o imitavam, caindo para lá e para cá, calda açucarada ainda escorrendo dos lábios.

E então, aos gritos, começaram a acordar.

Canidae

A chuva já havia cessado há algumas horas. A água pura, caída do céu, se juntava à terra dos homens, poluindo-se em uma lama escura, que corria pela estrada, frenética, como que atormentada por uma lembrança infeliz. Por esse caminho, mais deslizando do que andando, seguia um homem, a figura tão coberta de barro que era difícil distingui-lo da paisagem desolada. A luz da lua, filtrando-se entre os galhos das árvores, mal permitia definir um rosto, asilado atrás da barba desgrenhada. Da confusão de pelos e cabelos pronunciava-se um par de olhos arregalados. A boca se movimentava incessantemente, sem produzir som algum. Os lábios enrugados escondiam desfalcadas fileiras de dentes tronchos. As roupas, grandes demais para sua silhueta, mal abrigavam a sua magreza.

À sua frente, luzes amarelas escapavam pelas janelas de casebres miseráveis, intercalando-se desordenadamente em ambos os lados da estrada, via que mal merecia o nome. Apesar do tempo fechado, ainda havia pessoas reunidas do lado de fora, conversando sobre os alpendres. Velhos balançando-se em suas cadeiras e velhas mexeriqueiras a falar da vida do povo. Mães ralhando com os filhos pelas traquinagens e pais pegando as filhas no colo. Homens que tocavam violão e pandeiro e mulheres dispostas a escutar a toada. E crianças, que tanto podiam ser meninos quanto meninas, naquela idade, tanto fazia. Entregavam-se todos à algazarra que espantava o frio da noite, o barulho de música e conversa concorrendo com a afobação da água desembestando-se trilha abaixo.

Abrupto, tudo parou. Quando o homem esfarrapado assomou no caminho, cessaram os fuxicos e brincadeiras, calaram-se os instrumentos, e o silêncio se avultou. As crianças foram trazidas para dentro pelas mães, e os pais se levantaram de suas cadeiras, hostilidade nos olhos. Sabiam o que ele havia feito. Condenavam-no, pelo ato, e a si mesmos, por não terem coragem de imputar-lhe uma punição condizente. O homem passou o revólver das costas para a fivela do cinturão, fazendo os mais valentes baixar os olhos e os menos corajosos se esconderem junto às mulheres. Mudas, as crianças observavam das janelas.

A trilha entre as casas era um riacho que se avolumava, a água lançando-se contra os calcanhares, arrastando barro, pedras, lixo, um corpo. O homem olhou para a massa inchada e escura e arrepiou-se ao encarar os olhos mortos do cão. O animal boiou à sua frente, carregado pela enxurrada, a língua pálida caída pelo canto da boca escancarada. Apressou o passo, sentindo as botas afundarem na lama e apertando o casaco junto ao corpo. Às suas costas, os lampiões se extinguiam, a escuridão engolindo as casas, apagando-as da existência, junto com seus ocupantes. Quando achou que a distância garantiria paz, ouviu uma acusação lançada à sua nuca, um berro rouco de indignação incontida e medo ignóbil.

— Caim!

O homem seguiu em frente, ignorando o insulto. Segurou com mais força a arma em sua cintura, sentindo o frio do metal contra a pele. Amealhou um pouco de força do gesto, pois só assim tinha coragem de lembrar-se do irmão. Foi justamente com aquele revólver que a intriga entre os dois havia terminado. Como começara, já não lembrava mais. Não sabia se haviam dividido a atenção de uma mulher ou discutido por causa do carteado. Talvez houvesse sido a bebida. Talvez houvesse sido os cães. O homem estremeceu. As memórias eram como a torrente que fustigava suas pernas, empurrando-o para frente, fazendo-o tropeçar, escorregar, duvidar de si mesmo. Havia visitado o irmão em seu casebre, quase tão miserável quanto o seu próprio. Foi para tirar a questão a limpo, que não era homem de deixar passar ofensa. Para melhor fazer valer seu ponto de vista, levou o revólver, mais eloquente do que quem o empunhava. Não queria que faltassem argumentos.

Quase podia escutar novamente os gritos, os desafios, a arenga ruidosa que convidava a curiosidade dos vizinhos e proibia a sua intervenção. E, permeando cada insulto, os latidos. O irmão vivia cercado de cães, vira-latas que acolhia em seu terreno, dividiam sua comida e seu teto. Havia amor pelos animais, mas não pelo homem, pela própria família. Que mal faria lhe emprestar mais alguns tostões? Aos bichos, mimos; ao sangue, desprezo. Agora lembrava. Havia cuspido impropérios. Havia suplicado por auxílio. Havia perdido o juízo e apontado a arma para um dos cães. Havia puxado o gatilho. O irmão mal teve tempo de urrar seu ódio, quando o segundo disparo lhe roubou a voz e a vida. Ambos, homem e cão, jaziam aos seus pés, e o sangue corria quente para si, como a água trazida pelo arroio.

O frio agora o fazia estremecer. E mais ainda quando pensou reconhecer o corpo levado pelas águas. Tinha por fé que todo cachorro era igual, mas aquele, que agora desaparecia em uma curva da mata, aquele ali era familiar. Estacou na trilha com o pensamento. Aquela caça havia sido sua e alguém a havia lançado aos pés para fazer afronta. Puxou o revólver da cintura quando escutou o primeiro uivo. O segundo o fez rodopiar sobre si mesmo, apontando a arma para as árvores que ladeavam o caminho. Pirilampos se moviam aos pares pelo mato alto, em ambos os lados, negando-lhe a fuga. O que via naqueles olhos amarelados era mais do que ódio; era vingança. Escutou um ofegar atrás de si e virou-se. O disparo atravessou o peito do cão quando ele já saltava para dar o bote, o clarão congelando a criatura no tempo e no espaço. A carcaça caiu molemente na água e tomou seu curso, seguindo a primeira que há muito já sumira de vista.

Achou que a zoada se encarregaria de espantar a matilha e se engasgou quando percebeu o matagal pontilhado de pequenas brasas. Três pares ali, quatro acolá, mais cinco ou seis ali na frente e atrás também. Todos os bichos que o irmão mantinha no mocambo, mais tantos outros que vagabundavam pela estrada e pelo vilarejo, fuçando o lixo e levando carreiras dos meninos pequenos. Agora uivavam e rosnavam, esquecidos da covardia, caminhando como se fossem uma coisa só. O homem enxugava o suor dos olhos e gritava, mandando que fossem embora, que o deixassem em paz. E a ciranda se fechava. Apertou o gatilho e silenciou um ladrar. Outro tomou seu lugar. Atirou mais uma vez e apagou duas fagulhas. Mais quatro surgiram na escuridão. O homem gemia, ameaçava, negociava, mas o círculo continuava a se cerrar. Com a última bala do tambor, rezou pela alma do irmão, que a sua, ele sabia, não tinha mais jeito, e encostou o cano na têmpora febril. Disparou.

O cão saltou da escuridão e abocanhou a sua mão, fazendo a bala se perder na noite sem estrelas. Só quando o animal já havia desaparecido entre as árvores é que percebeu que restavam apenas dois dedos e nenhuma arma. O estampido corria pela sua cabeça e o sangue por suas roupas quando sentiu o calcanhar queimando. Desabou na água, ouvidos moucos, ainda sentindo o animal puxando a sua perna. Antes de pensar em espernear, outro dos bichos enterrou o focinho em sua barriga, rasgando e mastigando o que encontrava dentro dela. O homem urrava para o alto e os cães respondiam com uivos, mais e mais a cada momento. Sentia dentes roendo suas costelas, arrancando suas orelhas, dilacerando sua virilha. Ia gritar ao céu para morrer logo quando um cão levou sua mandíbula embora, deixando a língua rubra pendendo debaixo de dentes quebrados.

Sufocando com o próprio sangue, o homem sentiu um peso em seu peito quando o maior dos animais pulou sobre ele. O bicho tinha os pelos escuros e eriçados, e arreganhava os caninos amarelos em sua direção. Enquanto era despedaçado pela ira dos cães, ainda pensou ter reconhecido algo nos olhos da fera. Certa familiaridade. A saliva pingava sobre sua fronte ensanguentada como uma chuva fétida, e ele entendeu quem é que estava ali. Mal teve tempo de aceitar o seu destino e implorar por perdão, quando o cão escancarou a bocarra e a família tornou-se uma só mais uma vez.

Gaiolas

Podia estar fazendo o que fosse, parava. Largava as bolas de gude quando estava prestes a matar e tomar todas as dos adversários, descongelava-se no pega-congelou, desescondia-se antes da hora no esconde-esconde, ignorava o pênalti com o gol quase feito no botão, saía correndo de onde estivesse, por vezes de casa mesmo, ignorando as reclamações da mãe e os palavrões dos amigos, e se danava atrás da música. Essa variava, por vezes mais grave, outras mais gasguita; sempre alta, que essa era parte da graça, canções que tocavam na rádio ou outras que só escutava assim, suas favoritas. Não via outros meninos correndo atrás e chegava a estranhar, sem dar muita trela ao pensamento.

Alto demais, via de longe quando ele surgia pelas ruas, antes disso cruzando vias e dobrando esquinas de ouvido, gastando as canelas finas até finalmente se achegar do carro-de-som. Eram vários. O do ovo era exato como o relógio de carrilhão que o pai havia herdado do seu avô e ao qual dava corda todas as noites, antes do jantar. Anunciava-se pela música etérea, até mesmo um tanto gasguita, vibrando desafinada nas caixas de som aboletadas por sobre o teto do veículo. O do gás trazia um hino próprio, metálico e misterioso, como imaginava apropriado para os botijões enfileirados na caçamba.

Havia o que vendia verduras e o que anunciava queijo de coalho, e outros que não se dedicavam ao comércio, mas a assuntos fora de sua compreensão. Uns chamavam para a luta, qual não sabia, pedindo que a população apoiasse essa ou aquela greve; outros apelavam para essas mesmas pessoas, dessa vez disputando seu voto, vereadores que prometiam mudanças, quais não podia imaginar. E havia ainda os que traziam os aleijados. A mãe não gostava quando o pai usava aquela palavra, mas ele dava de ombros, dizendo que era aquilo mesmo, uma vergonha se aproveitar daqueles desgraçados para pedir dinheiro. Vinham e encostavam numa rua qualquer, as caixas de som conclamando a vizinhança no intervalo entre um hino religioso e outro. Venham ver, senhoras e senhores, venham ver, a pobre criança cega, o menino das pernas secas, a menina sem olhos, venham e vejam que não é enganação ou golpe. Venham e tragam dinheiro. Ele ia.

Olhava os infelizes estirados dentro do carro, expondo suas deformidades às pessoas que, satisfeitas, abriam seus corações e, mais importante, suas carteiras. Achegava-se das janelas, a altura permitindo boa visibilidade, e então a aflição vencia a curiosidade. Desviava os olhos e a música parecia morrer em seus ouvidos. Mas sempre voltava para mais aos primeiros acordes mal gravados. Foi em uma dessas ocasiões que viu a menina pela primeira vez.

Ouviu-a, bem dizer, antes. Soube logo, sem conseguir explicar, que não era uma gravação tocada e retocada como as outras, mas alguém que cantava como se chamasse seu nome. Foi. Era um dos caminhões dos aleijões, como dizia seu pai, já no intuito de irritar a esposa. Acercou-se, deixando uma roda de pião e as queixas dos amigos para trás. Aquela voz argêntea o guiava pelas ruas, até chegar ao carro, feio e velho como todos os outros. Junto do povo que já aglomerava às janelas, olhou para dentro e viu o rosto mais lindo de sua curta vida. Cachos louros o emolduravam, mechas que por vezes recobriam os olhos grandes e abatidos. Acorcundava-se em si mesma, uma manta a cobrir a corcova que embuchava suas costas, outra sobre as pernas imóveis. Quando a canção chegou ao fim, o motorista e anunciante voltou-se para trás, rosnando uma ordem. A menina baixou o rosto querúbico, a vergonha pesando nas feições. Então desnudou-se da cintura para baixo.

As pernas eram finas e enrugadas, gravetos amarelentos que terminavam em garras afiadas e curvas, brotando de patas engelhadas. Só o menino não deu para trás. As pessoas cobriam as bocas com mãos trêmulas, em uma mistura de pena e nojo, também uma certa excitação por aquela nova deformidade que agraciava o bairro sonolento, já cansado das aberrações habituais. O dinheiro fluiu fácil dos bolsos. O menino não tinha o que dar, a não ser seu olhar, que a menina retribuiu, parecendo quase esquecida de si e da multidão. Quando o motorista viu que não havia mais o que se ganhar naquela rua, mandou que a coberta voltasse ao lugar e ligou o motor. Os alto-falantes pigarrearam metálicos e a música recomeçou, ensurdecedora no começo, depois diminuindo à medida que o carro se afastava.

O menino voltou para casa, a voz dela nos ouvidos. Os pais falavam do começo das férias, da casa de praia alugada barata de um amigo, das lições de direção que ele seguiria tendo onde o mato era muito e a vigilância era pouca, plano que a mãe desgostava mas não discutia. As pernas longas, herdadas, já alcançavam firmes os pedais há mais de um ano. Mas nem pensava naquelas coisas, na cabeça só vinha a menina, de costas curvas e pernas estranhas, olhos que pediam em silêncio. Passou a seguir o carro de som pelo bairro. Quando mandavam que comprasse as coisas para casa, uma meia dúzia de ovos para terminar a receita, uma barra de sabão que acabou e ninguém viu, danava-se a correr. As canelas compridas o carregavam para além dos mercadinhos próximos, em busca da canção que o levava pela mão até ela.

Atocaiava o veículo, seguindo-o pelas ruas, esperando o motorista parar numa venda ou outra, para tomar um café mais ou menos demorado, servido por alguma moça sorridente demais. Então se esgueirava para junto da janela, tentando apequenar a estatura exagerada, e conversava com a menina. Era uma prisioneira, contou ela em voz baixa e doce, quase um trinado, engaiolada naquele carro onde só lhe restava cantar e se mostrar ao povo, em troca do dinheiro que seu carcereiro embolsava. Logo seria levada para outro bairro, e então outra cidade, e nunca mais veriam um ao outro. Aquilo agoniou o menino de um jeito que até então não sabia possível. Continuou a vê-la sempre que podia, de saída do colégio, aos pais dizendo que estava com os amigos; aos amigos, falando que estava na rua fazendo algum mandado para os pais. E o tempo foi passando. E um plano foi se formando.

Era alto, mas sabia que não teria condições de carregá-la para muito longe. Só entendeu o que teria de fazer quando a menina afinal deixou cair a manta que cobria sua corcunda. Ele boquiabriu-se e assentiu. Nesse dia, o motorista retornou um tanto antes que o de costume. Primeiro irritou-se, querendo botar queixão naquela pessoa rondando seu ganha-pão. Depois pensou melhor, considerando a altura do possível adversário e comparando com a sua própria, desfavorável, concluiu rapidamente. Depois riu, quando chegou mais perto e viu que não passava de um menino. Espantou-o com uma careta e uma engrossada de voz. Antes de dar a partida falou para quem quisesse ouvir, ali sendo apenas o menino mesmo, que aquele bairro já tinha dado o que havia de dar, era hora de rumar ao próximo. Dentro, os olhos suplicantes. Uma decisão foi tomada.

O dia seguinte seria o primeiro das férias, depois, praia. Arrumou sua mochila como se ansioso pela viagem, coisa que antes, jamais. Despediu-se dos pais, que não viram suas costas carregadas. Caminhou quase correndo, desviando-se da gente conhecida e perguntadora, até vir a canção. Foi até ela. Seguiu e esperou, quando o motorista afinal parou para o café costumeiro, o último naquela vizinhança. Quando o homem foi ao banheiro, deu o bote na chave largada sobre o balcão. Enfiou-se no veículo, trocou um olhar cúmplice com a menina e partiram ambos. Guiava com a habilidade adquirida nos videogames e viagens à praia, onde catava conchas para a mãe, que dizia querer escutar a música do mar. Empertigava-se para parecer mais alto, mais homem e menos menino. Foram.

Chegaram à estrada, caminho memorizado de tantas viagens, e seguiram em frente até a gasolina acabar. Pararam no acostamento, já escutando as sirenes ao longe. Ele a tomou nos braços e a colocou de pé, as garras ciscando o mato que começava perto da pista e se espalhava infindo à frente. Desacostumada, quase caiu, mas ele a amparou. Abraçados, ela deixou a manta deslizar dos seus ombros, revelando as alvas asas, espreguiçando-as de há muito. Então ela começou a cantar, o chão correu dos seus pés, e não havia mais os gritos dos policiais, nem as ameaças do motorista, nem os palavrões do pai, nem as orações da mãe. O mundo era azul e branco, feito de vento e música. Foram e nunca mais retornaram.

Bainhas

O sangue escorre pelo meu corpo, agasalhando-me em um calor rubro, enquanto eu repouso em minha bainha de carne. Ainda que fugidio, é por esse momento que existo cada vez que sou manejada. Suspiro quando retirada, o esguicho escarlate banhando a mim e aos dedos que me rodeiam, nós lívidos sob arabescos vermelhos. Então sou enfiada novamente, gemendo de deleite. E mais uma vez. E outra e outra, até que o homem deixa de estrebuchar, esquece de respirar, desiste de viver, olhos vítreos que parecem ainda fixos em mim. Logo esfriará, na rapidez que se esvai pelos buracos e cortes na barriga, no peito, nos braços que ainda tentaram se erguer em proteção, ainda mais inúteis agora, e então perderei o interesse. Continuo sendo empunhada e os filetes escorrem pela minha lâmina, provocam arrepios. Estou coberta pelo líquido grosso e pegajoso, pingando de mim e empoçando no chão imundo, enquanto quase amoleço de gozo. E então decido que quero mais.

Converso com esse que me segura em sua mão enluvada de sangue, já encrostando-se entre os dedos, e sussurro para os seus ouvidos e os de mais ninguém. Digo-lhe que não foi apenas esse, agora estirado aos seus pés, quem levou sua esposa para cama. Mostro aquilo que jamais aconteceu, a não ser em sua cabeça, queimando as imagens em suas retinas. Ele vê a mulher, olhos abertos e pernas arreganhadas, gemendo, enquanto outro homem grunhe entre suas coxas suadas, amigo de bar e de cachaça do outro que esfria aos seus pés. O homem olha ao redor, guinchando de dor e ódio, procurando por entre as pessoas que o cercam e apontam horrorizadas. Eu mostro o rosto que busca, uma mão trêmula sobre a boca, olhos arregalados para o corpo mutilado no chão. Mais uma vez, enxerga a esposa, urrando de quatro e pedindo para ser chamada de cachorra. Com um grito, avança. Primeiro me enterra na garganta e, por um momento, tudo o que ouço é o pulsar do sangue sendo jorrado para fora. Arrancada, ainda vejo meu reflexo em um dos olhos antes de imergir nele. Acho que estremeço de prazer entre seus dedos e silencio satisfeita. Por enquanto.

Ele corre endoidecido quando liberto sua visão para que perceba o que fez, lembrando ainda da esposa que deixou em casa, o pescoço escancarado em um sorriso de gengivas escuras. Mando que me largue em um beco, onde costuma passar uma mulher de olhos baixos e marcas roxas nos braços, sei que nas pernas e costas também. Quando ela me apanha, meu antigo portador está cuspindo sangue e dentes, protegido dos linchadores pelos policiais que o enfiam algemado no carro enquanto grita sua inocência. Como tantos antes dele, sei que nunca mais o verei. A moça me vê largada no chão sujo, lavada de sangue, e chega a pensar em correr dali. Então começam meus sussurros, palavras de dor e crueldade lambendo-se para dentro dos seus ouvidos, e ela se torna minha. É recebida em casa pelos gritos do marido, escornado no sofá de onde pouco sai, nenhuma das vezes em busca de emprego, quase sempre apenas para surrá-la. Pergunta do almoço, que já deveria estar na mesa, piscando os olhos vermelhos de bebida e já apertando a mão em punho. Eu entro nele pelo queixo, bifurcando a língua como se a uma serpente pertencesse, e atravesso o céu da boca até o nariz. Só entende que morreu depois de cair de costas e a mulher montar sobre seu peito, ali me enfiando, esbarrando em ossos e cartilagens, jogando seu peso para que eu deslize mais e mais. Quando ele para de se debater e o êxtase se evapora, ordeno que procure mais.

Ela visita a vizinha que gosta de rir dos seus machucados para lhe alargar o sorriso para além da boca, e eu sinto a dureza dos seus dentes mastigando minha lâmina enquanto ela grita e se engasga com sangue e metal. Sopro em seu ouvido que ela tinha mais era que passear, não havendo mais marido que botasse gosto ruim em suas andanças. Ela sobe no primeiro ônibus que encontra, escondendo a mim e a mão ensanguentada dentro da bolsa barata, para depois me enfiar no nariz do motorista e me embainhar em seu juízo. Ele cai por sobre o volante, assoando sangue e miolos, o pé enganchado no acelerador. Os gritos continuam mesmo enquanto o veículo capota e atira seus ocupantes contra bancos, barras de ferro e uns contra os outros. Minha antiga portadora desaparece por entre os cacos de uma janela partida para logo depois ser esmagada pelo teto do coletivo.

Eu sou arremessada pelo para-brisa em frangalhos, faiscando pelo asfalto enquanto pedaços de gente chovem ao meu redor. Antes que o diesel e as chamas me alcancem, sopro um beijo para um transeunte que estava prestes a ajudar uma criança varada por uma ferragem ensanguentada. O homem me brande, primeiro em dúvida, depois com terror, finalmente partilhando meu êxtase. Peço para que silencie o menino e que se afaste dali, antes da explosão que sacode os carros ao redor.

À nossa volta, as pessoas olham para os destroços e os corpos carbonizados, alguns ainda se arrastando, sem perceber que já estão mortos. Eu também sigo em frente, cavalgando um novo portador, ansioso qual garanhão no cio. Vêm as lembranças do antes, como se acontecessem agora. O pastor e seu rebanho, no templo de paredes mofadas e cadeiras plásticas, a cantar de braços erguidos e olhos cerrados, em louvor a algo que não está lá. No lugar de Deus, encontra a moça, ocultos das vistas da congregação e da esposa, enquanto ergue sua saia e puxa os cabelos igualmente longos. Quando já não pode mais esconder a barriga debaixo das roupas folgadas, ela pede para que ele deixe a mulher e dê seu nome ao filho que cresce dentro de si. É aí que o pastor toma a bíblia em uma mão e meu cabo na outra, falando do fogo do inferno que espera as fornicadoras e as que atentam os casamentos alheios, pior ainda se dos escolhidos pelo Senhor. Chama-a messalina e concubina de satanás enquanto me mergulha no ventre estufado. Primeiro conheço a mãe, rompendo pele, gordura e carne. Depois, beijo a criança, dilacerando a placenta onde ela se encolhe e repousando entre seus olhinhos fechados. É aí que passo a ser, pensando e sussurrando, a enxergar o mundo e as bainhas de carne, ossos e sangue que por nele caminham, pedindo para dentro delas ser guardada. Eu o faço e tenho feito desde então.

Posso ver meus portadores, minhas montarias, cada um deles, como se por eles empunhada nesse momento. Sinto os dedos da mulher depois de me encontrar junto ao templo, ali indo para se arrepender dos pecados de quem vive das ruas e do corpo. Em vez disso, sou apresentada aos homens que a possuem em motéis baratos e encostada nos capôs dos carros. Penetro o primeiro como ele mesmo gosta de fazer, uma estocada entre as coxas no momento do gozo, o rasgo escuro esvaindo-se em uma mistura pegajosa de vermelho e branco. Os próximos têm sorte semelhante, até que decido trocar de cavalgadura. Ela vai até o bar onde se oferece aos homens por trocados, entrando pela porta de serviço e me esquecendo no caminho. O cozinheiro estranha minha presença em seu balcão, destoante entre as ferramentas habituais, até que meus murmúrios escorrem pelos seus ouvidos engordurados. Sou embainhada primeiro no menino, magro e preto, que aparece todos os dias na porta da cozinha, pedindo o que comer. Depois vêm os outros, fornecedores, fiscais sanitários, ajudantes. Ainda sinto o cheiro dos sarapatéis, rabadas e escondidinhos de gente, antes cortadas, trinchadas, desossadas, filetadas, fatiadas, moídas, porcionadas, congeladas e então cozidas, guisadas, assadas, fritas, grelhadas, refogadas, recheadas e servidas. Não faltam elogios até a verdade vir à tona. Mas então eu já estou longe.

Embainhada mais algumas vezes, busco uma nova condução. Sei que aquela mulher que se aproxima está apressada para chegar em casa e abraçar os filhos. Admito um fraco por crianças, talvez pelas circunstâncias do meu nascimento. Ela me leva para a sua casa mal-ajambrada, em parco equilíbrio na beira do canal, e os meninos correm a agarrar suas pernas, felizes e perguntando pelo comer. Já estou em sua mão. Posso imaginar as delícias daquelas carnes jovens e tenras, quando sinto algo diferente. Uma resistência, como jamais conheci. O punho se fecha descorado em torno do meu cabo, mas a mão não se mexe, o golpe não vem. A mãe olha para os filhos assustados, um esgar de horror no rosto convulso. Sussurro, murmuro, sopro em seus ouvidos, que parecem moucos à minha voz, de costume tão afiada. Então falo, grito, comando, desesperada pelas minhas bainhas, ali tão próximas, a chorar e abraçar umas às outras, sem entender por que a mãe se estrebucha e geme diante dos seus olhos aterrorizados. Um tremor e o braço afinal se ergue, suado e trêmulo, músculos tensos sob a pele curtida de sol.

Então sou afinal embainhada, berrando de ódio enquanto mergulho no pescoço de minha portadora. Dessa vez, o gozo não vem, apenas medo, até então desconhecido, quando a mãe arranca forças não sei de onde para me atirar pela janela no canal imundo, enquanto gorgoleja sangue aos pés dos filhos. Ali permaneço, embolando entre as imundícies despejadas por incontáveis esgotos, bichos mortos e objetos mudos e surdos como um dia eu já havia sido. Não há quem escute os meus sussurros, então só resta calar, esquecida do prazer das bainhas, a torrente sem fim minha única portadora, arrastada sem saber para onde. Assim permaneço, silenciosa, enferrujada e comum, pelo que parecem anos. Despejada no mar, avizinho-me de pneus velhos e privadas quebradas, curiosa se sentiria algum prazer me afundando em um daqueles peixes de sangue frio que de quando em quando vêm inspecionar meu brilho cada vez mais fosco. Já não sou mais eu. Até que vem a rede, a ascensão rumo à luz, a mão calejada do pescador. A voz, rouca de desuso, quase não sai.

Mas então eu lembro como sussurrar, ali mesmo naquela jangada, que agora navega rumo à praia e para as bainhas que lá esperam.

A colheita

Cinco

Damiana brincava com sua amiga entre os paralelepípedos da única rua ladrilhada do vilarejo. Os casebres de pau a pique aos poucos cediam lugar a construções de alvenaria, algumas chegando a exibir um primeiro andar sobranceiro, cuja silhueta se esticava até alcançar as casas defronte, quando o sol começava a se esconder no horizonte. Era nesses intervalos de sombra que as crianças trelavam, bonecas de milho conversando animadas em suas mãos.

— Ai, não me leva, que sou novinha! — exclamava uma delas, pelos lábios de Damiana.

— Nem a mim, que sou boazinha! — respondia Moema, a espiga rodopiando desesperadamente entre os ladrilhos.

— Leva ela!

— Eu não, ela!

E assim prosseguiam, condenando-se mutuamente e rindo da aflição ensaiada das figurinhas cobertas de caroços e vestidos de palha verde, cabelos castanhos e desgrenhados balançando ao vento. Da porta de uma das casas, a mãe de Damiana observava a brincadeira, sentindo um aperto no coração que já lhe era familiar.

— Damiana, entre que hoje é noite de Colheita. Amanhã brinca mais.

As meninas recolheram os brinquedos e se despediram, Damiana correndo para dentro de casa enquanto os últimos raios de sol ainda banhavam os telhados alaranjados. Sabia que aquela noite era especial, embora não entendesse muito bem o porquê. Tanto que havia ouvido falar da Colheita, quase sempre por parte de adultos temerosos, e agora passaria pela primeira da sua curta vida. Aguardava o que estava para acontecer com um misto de medo e excitação infantil. Diferente de qualquer outro dia, a ceia havia transcorrido em um quase silêncio, o pai e a mãe conversando em sussurros ininteligíveis e lançando olhares amedrontados para a porta. Damiana comeu com vontade e se banhou, deixando que a mãe arrumasse seus cabelos enquanto o mundo se fazia escuro lá fora. Dessa vez, o pai não acendeu o lampião.

— Mas não enxergo meus brinquedos! — queixou-se a menina, as mãozinhas nos quadris, já voluntariosa naquela idade.

— Hoje não é noite de brinquedos ou de alegria, minha filha. É noite de Colheita, isso sim, e casa nenhuma deseja chamar atenção sobre si. Vamos ficar na escuridão até que Eles sigam seu rumo.

— Eles quem?

O pai exigiu silêncio e permaneceram sentados, muito juntos, enquanto as horas se arrastavam. No colo da mãe, Damiana sentia seu pequeno coração batendo mais forte em antecipação a algo que ela não fazia ideia do que poderia ser.

Finalmente, quando parecia que seus olhos não conseguiriam mais ficar abertos, ela escutou. Era um arrastar de passos sobre ladrilhos e um ruflar de vento entre tiras de pano. De vez em quando, um gemido rouco, seguido de mais outro; um coral de lamentos, que reverberava por entre as casas e becos do vilarejo. O som chegava cada vez mais perto, e Damiana sentiu um arrepio prazeroso correr sobre a sua espinha. Quando achou que o ruído passava pela porta de sua casa, desprendeu-se da mãe e, num pulo, correu para a janela. Ignorou os sussurros urgentes dos pais às suas costas e espiou por uma brecha entre as folhas de madeira.

Não entendeu imediatamente o que se passava diante dos seus olhos. Eram coisas molambentas, cobertas de trapos que esvoaçavam negros como a noite, claudicando pelos paralelepípedos mal assentados. Contou dez ou mais daquelas criaturas encurvadas e lamurientas, caminhando penosamente em um cortejo muito unido, como uma só massa escura, capuzes puxados sobre rostos invisíveis. Fascinada por aquela estranha procissão, Damiana ignorava os apelos assustados dos pais, que em vão buscavam afastá-la do parapeito. Os gemidos estavam muito próximos agora, vozes roucas e lamentosas, como se cada passo fosse um sofrimento indizível.

Muitos usavam bengalas retorcidas, sobre as quais se apoiavam pesadamente, parecendo procurar algo enquanto passavam por cada casa. Ao se aproximarem da sua, Damiana prendeu a respiração, enquanto uma daquelas estranhas figuras se detinha, os panos rasgados subitamente imóveis.

Pareceu olhar ao redor, girando lentamente sobre si mesma, enquanto seus companheiros aguardavam inquietos. Por um momento, Damiana achou que ela se chegaria à sua porta, e então não houve mais espaço para graça no medo que a assaltou. A coisa hesitou por alguns momentos e então o grupo voltou ao seu percurso, balançando-se pelo caminho. Os pais de Damiana agora a abraçavam, enquanto a arredavam da janela. Os gemidos foram esvanecendo ao longe, e por alguns instantes, a noite se tornou absolutamente silenciosa.

Foi então que um grito angustiado cortou o ar da noite, fazendo Damiana agarrar-se ao pescoço da mãe, enquanto o pai torcia as mãos trêmulas uma sobre a outra. O berro prosseguiu por longos instantes e depois silenciou, embora ainda ecoasse nos seus ouvidos e coração. Depois de algum tempo, o arrastar de passos voltou a se propagar pela rua, dessa vez no sentido oposto, voltando por onde haviam vindo. Finalmente, as lamúrias minguaram na distância para não mais se repetirem. Os pais de Damiana a cercavam agora, apertando-a entre seus braços enquanto se dividiam entre prantos e risos.

— Não foi você, filha, não foi você! — repetia a mãe, beijando seus cabelos encaracolados.

— Graças. Graças — murmurava o pai, enxugando as lágrimas com as costas da mão.

E por muito tempo permaneceram assim, enquanto Damiana se perguntava quando poderia pedir pela volta do candeeiro, para que pudesse confidenciar à sua boneca a aventura daquela noite.

***

Dez

Damiana voltava apressada da pequena escola frequentada por todas as crianças do vilarejo. Encabulada, passou por um grupo de meninos mais velhos, que fingiram não a perceber com uma indiferença calculada. Mas não todos. Graciliano ofereceu um sorriso enviesado, ao mesmo tempo preocupado com a mofa dos companheiros. Damiana marchou em frente, escondendo o rubor da face atrás das mechas escuras que emolduravam seu rosto. Moema aguardava impaciente, livros e cadernos apertados contra o peito reto.

— Pensei que ia ficar lá com teu namorado — provocou a amiga, com um sorriso zombeteiro.

— Moema, você deixe de histórias, que, se chega nos ouvidos de pai, não saio mais de casa — respondeu Damiana, sentindo um calor atacar-lhe as bochechas.

— E não ia mais poder ir à praça, ver Graciliano.

— E nem pra sua casa, brincar, sua chata.

— Mas hoje é noite de Colheita. Ninguém pode sair — devolveu Moema, dando de ombros.

Caminhavam pelas ruas do vilarejo, muitas delas agora ladrilhadas, enquanto mais casas pareciam ter brotado pelos arrabaldes. Os velhos mocambos eram derrubados ou reformados e a praça abrigava uma feira, onde mercadores de cidades longínquas expunham seus produtos. Para além da silhueta de edificações, estendia-se o sertão desolado, mandacarus lançando sombras curtas e disformes sobre os restos esqueléticos de animais. Serpentes e lagartos disputavam a primazia dúbia de rastejarem pelas areias escaldantes, uma planície seca e castigada pelo sol, a se espalhar em uma monotonia quebrada apenas pela colina. Era para ela que Damiana olhava agora, sentindo um calafrio familiar descer-lhe pelas costas.

— Será que é de lá mesmo que Eles vêm? — perguntou Moema, acompanhando o olhar da amiga.

— Não tem nada mais aqui. Tem que ser.

— Se vêm de lá, então levam pra lá também.

— É. — fez Damiana, imaginando, como todas as crianças da sua idade, o que se passaria naquele lugar.

— Quem será dessa vez? Tomara que seja aquele menino, Vicente. Não suporto.

— Tem mesmo que ser alguém, né? — Damiana caminhava lentamente, como que temerosa de que a própria colina observasse seus passos.

— Sempre foi assim. — decidiu Moema, sem fazer muito caso da questão.

— Mas pra quê?

— Não sei. O Presbítero diz que só levam quem merece.

— E quem é que merece? — perguntou Damiana, em dúvida.

— As pessoas que Eles levam, oras. Se não, não levariam — explicou Moema, muito lógica. Caminharam por mais algum tempo em silêncio, cada uma perdida em seus próprios pensamentos. — Lembra do último?

— Mais ou menos. Eu ainda era pequena.

— Minha mãe disse que foi um menino muito ruim, que não obedecia aos pais, que não fazia o dever de casa, que nunca ia pro Ato nos domingos. Por isso, acho que foi melhor mesmo que levassem — concluiu Moema, com a sabedoria das crianças pequenas.

— Então, acho que nunca vão levar a gente — murmurou Damiana, uma tranquilidade fingida na voz. Pararam em frente às casas de ambas, uma defronte a outra na mesma rua. As mães já tangiam os filhos para dentro, em preparação para a noite que chegava cedo naquele vilarejo. As amigas se despediram, prometendo se encontrar novamente na manhã seguinte, como sempre haviam feito, desde suas primeiras lembranças.

Damiana se ocupou nos afazeres domésticos junto à mãe, enquanto a escuridão se avolumava ligeira. Quando o pai chegou, havia cansaço e preocupação em sua fronte, mas ele apenas beijou a esposa e a filha em silêncio antes de se acomodar para a ceia. As horas correram como se quisessem que aquela noite terminasse logo, quando Damiana mais uma vez escutou os lamentos e o arrastar de passos. As memórias de cinco anos atrás afluíam aos seus olhos, criando imagens entrecortadas de figuras negras e encapuzadas. Dessa vez, permaneceu muito quieta e comportada junto aos pais, desejando apenas que a Colheita chegasse logo ao fim. O ruído havia cessado lá fora agora, e Damiana conteve a respiração, esperando, como todos no vilarejo, pelo momento da escolha. Foi então que veio a batida na porta, tão próxima que poderia ser a sua.

Os pais de Damiana a abraçaram quando escutaram o grito de horror vindo da casa em frente. A menina se debatia e gritava naquelas mãos, compreendendo o que estava acontecendo lá fora.

— Damiana, minha filha! — gemia a mãe, desesperada, tentando acalmá-la.

— Eles vão vir à nossa casa! — sentenciava o pai, desesperado.

Os lamentos na rua começaram a se afastar, o farfalhar das vestes rotas se somando ao manquejar de pés tortos, desta vez acrescidos de um caminhar de criança. Finalmente, tudo era silêncio, e Damiana chorou e chorou até dormir, trêmula e rouca, apertada no abraço infeliz dos pais.

Quando acordou na manhã seguinte, trazia os olhos inchados e a garganta ainda em brasa. Os pais a arrumaram para sair, como se fosse um dia comum, recomendando-lhe cuidado na rua, obediência na escola e fé no Provedor. Damiana deixou a casa, olhando para a porta em frente, esperando que Moema saísse de lá, sorrindo, a ralhar com ela pelos atrasos cotidianos. Como se tudo houvesse sido apenas um sonho ruim. Ficou assim por um tempo e então firmou os pés e as lágrimas sobre os paralelepípedos, descendo a rua como havia feito no dia anterior.

Em uma esquina, uma pequena multidão se aglomerava, lançando gritos e olhares horrorizados sobre algo que Damiana não conseguia enxergar. Com a curiosidade momentaneamente se sobrepujando à tristeza, aproximou-se das pessoas, apertando-se entre pernas de homens e de mulheres.

— Fogo! Alguém traga fogo, pelo Provedor! — gritavam uns.

— Não se acheguem! Não se acheguem que é a Praga! — gemiam outros.

Damiana meteu-se no rebuliço, certa de que nada poderia ser mais horrendo do que a noite que ela havia enfrentado. Ao vencer a barreira de pessoas, viu o que lhe pareceu ser nada mais que um molambo preto e velho, jogado de qualquer jeito sobre as pedras do calçamento. Sem que os adultos se apercebessem, caminhou entre eles, circulando e se aproximando do trapo. Foi então que viu. Coberta de feridas que exsudavam um pus amarelento, uma mão pálida, de dedos incompletos e unhas partidas, brotava por entre as vestes rasgadas. Damiana olhou para o membro sem corpo, e sentiu que a escuridão invadia suas vistas. Sentindo-se desabar, gritou. E gritou e gritou.

***

Quinze

Damiana aguardava a sua vez sentada de qualquer maneira em um dos bancos do Templo. O Presbítero se despedia do último dos adolescentes com uma benção quando finalmente se dignou a reconhecer sua presença.

— Damiana, se ajeite, que isso não é postura.

— Postura de quê?

— De uma moça de bem.

— A Colheita leva as moças de bem, assim como as perversas, Presbítero. Não sabia? — questionou Damiana, o queixo erguido em desafio. O homem à sua frente suspirou profundamente e sentou-se ao seu lado. As vestes cerimoniais, pesadas e largas, tolhiam seus movimentos e contribuíam para o porejar em sua testa.

— Damiana, você sabe por que Eles descem a colina e vêm até essa cidade?

— Claro que sei. Vêm porque vocês nos venderam.

— Os jovens são o nosso bem mais precioso, sim. Mas não os vendemos. Há um acordo, Damiana. Um pacto antigo entre nós e Eles.

— Não importa do que o senhor chame, Presbítero. A cada cinco anos, um de nós, rapaz ou moça, paga por essa negociação. — A hostilidade era evidente nos olhos escuros e amendoados de Damiana.

— Sim. É, em verdade, um grande sacrifício que se exige de vocês. Mas apenas até os quinze anos. Depois disso, Eles não podem mais tocá-los.

— E quanto àqueles que já foram tocados? Quantos já foram levados para aquela colina?

O religioso não respondeu imediatamente. Parecia perdido em pensamentos, como se consultasse uma sabedoria exterior, capaz de proporcionar uma compreensão que ele mesmo não conseguia alcançar. Finalmente, voltou-se para a moça à sua frente.

— Damiana, o que há ao redor da nossa cidade?

— Nada. O sertão, a caatinga, os animais peçonhentos e nada mais. E o resto do mundo, longe demais disso tudo, mas isso sei apenas de ouvir falar — fez a garota, dando de ombros com petulância.

— Isso não é verdade. Houve outros vilarejos, pequenos e desolados como esse foi alguns anos atrás. Hoje são carcaças debaixo do sol e seus únicos habitantes são os répteis e os escorpiões.

— E o que aconteceu com esses lugares? — perguntou Damiana, a curiosidade dominando-a a contragosto, como costumava acontecer quando ouvia qualquer história que fosse sobre a vida fora daquela cidade.

— A Praga aconteceu. Ela arrasou tudo, plantação e criação, homem e bicho, até que não houvesse mais o que devorar e a terra não passasse de cinzas em brasa sob o sol.

— A Praga do Rei de Espinhos. — Damiana bufou, insolente. — Que ninguém nunca viu. Parece até que voltamos às aulas de catecismo. Não sou mais menina de acreditar nessas histórias, Presbítero.

O velho respirou fundo, desviando o olhar para os andaimes de madeira que se erguiam pelo templo, ferramentas e materiais empilhados pelos cantos. O prédio logo ganharia uma nova torre, mais alta e mais bela que a anterior, e um sino de bronze que poderia ser ouvido por toda a cidade. Ao seu redor, a luz do entardecer pintava quadros de luz colorida, filtrando-se pelos mosaicos das janelas. Nelas, via a história daquele lugar, os miseráveis que haviam chegado até aquelas paragens em carroças puxadas por carros de bois esquálidos. Fugiam da miséria, da fome, dos maus patrões, da injustiça dos homens e de toda a desgraça que acompanhava aqueles que não possuíam uma terra para chamar de sua. Caminharam e caminharam, dias e noites sem fim, até encontrarem um torrão bom, onde não havia ninguém e onde ninguém os procuraria.

Os vidros multicores mostravam as primeiras choupanas a serem erguidas, perto demais do espinhal sobranceiro que havia ali, vasto a se perder de vista. Uma cena trazia o florescer das primeiras colheitas, outra, a abundância nas mesas de quem antes não tinha nada. Havia alegria e risos agora, e foram eles que perturbaram sono do Rei de Espinhos. Ele despertou e tomou desgosto por aquela gente feliz, que não sofria e não conhecia a sua dor. Mas haveriam de senti-la. O Presbítero baixou os olhos para não ver o mosaico que mostrava a Praga chegando até a cidade, carregada pela espada coberta de ferrões. O Rei a brandia e as feridas se abriam para nunca mais fechar, o povo escarado e sanguinolento lançando as mãos esfrangalhadas para o alto. O religioso sacudiu a cabeça calva de um lado para o outro e tornou a olhar para a menina à sua frente, cuja curiosidade adolescente não ofuscava a raiva que ruborizava sua face.

— Há mais verdade nas histórias do que eu gostaria, Damiana. O sofrimento foi terrível e real. Mas também o foi a redenção.

— Como assim?

— Depois de uma dor que parecia não ter fim, o Senhor se apiedou de sua criação e permitiu que esse vilarejo vicejasse, pois apenas aqui a Fé verdadeira pode florescer.

A Praga já não nos toca mais, a não ser nas noites de Colheita, quando nosso tesouro mais precioso é oferecido àqueles que carregam a calamidade dentro de si, para que ela não volte a correr por essa região.

— E se não aceitássemos mais? E se fôssemos todos para outro lugar, longe dessa Colheita, dessa colina, desse Deus que permite tanta dor e sofrimento? — Damiana gritava agora, as lágrimas correndo pela sua face e pingando do seu queixo.

— Isso o pacto não permite. Ninguém deve deixar a cidade. Ninguém deve se recusar ou recusar um filho ou filha para a Colheita. Ou a desgraça voltaria a reinar, e tudo o que construímos, tudo o que foi sacrificado, terá sido em vão — sentenciou o Presbítero, uma mistura de dureza e ternura em sua voz.

Damiana permitiu que o velho a abençoasse e então deixou o Templo, caminhando pela praça principal, repleta de bancos de pedra e árvores frondosas. Crianças perseguiam umas às outras entre os brinquedos, enquanto senhores de cabeça branca e modos corteses jogavam cartas concentrados sobre as mesas. Havia rapazes ali também, mais velhos e mais moços, e todos acompanhavam Damiana com admiração. Ela ignorava todos eles, pensando que logo estaria com Graciliano, sentindo sua boca sobre a sua, seu corpo achegando-se ao seu, e, por alguns momentos, seria como se já estivessem noutro lugar, longe daquela cidade e dos velhos que vendiam suas crianças por medo de uma maldição que não lhe dizia respeito.

Graciliano a levaria dali, ocultos na carroça de algum mercador de bugigangas, e juntos atravessariam o sertão até onde a terra era verde, toda ela, não apenas ao redor daquele amontoado de casas onde passara toda a vida. Até onde as águas se encontravam em um açude tão grande que as margens se perdiam de vista e viajavam navios do tamanho de edifícios. Até onde pudessem ficar juntos, casar e ter filhos, que jamais seriam levados por Eles. O sorriso em seus lábios parecia descabido para os que passavam, ainda mais que a noite se aproximava depressa, como sempre fazia naquele lugar. Passou por casas grandes, de terraços largos e varandas floridas, onde a claridade não impedia que as pessoas já começassem a acender seus candeeiros. Pais e filhos se apressavam pelas ruas, enquanto Damiana se aproximava de uma residência de muros baixos e portas abertas, dando a volta para alcançar o seu quintal. Sob a sombra de uma árvore, Graciliano a aguardava.

— Mas que demora, Damiana.

— O velho Presbítero é cheio de histórias. Já começava a achar que passaria a Colheita por lá mesmo — riu e beijou os lábios do rapaz.

— A gente precisa conversar — fez Graciliano, afastando-a de si delicadamente, enquanto olhava nervoso para os paralelepípedos, como se houvesse perdido algo entre as fissuras.

— Pois então, converse — retorquiu Damiana, sentindo um frio se espalhando pelo seu ventre.

— Não podemos ir.

— Como assim?

— Não podemos. Não podemos deixar a cidade. Conversei com o Presbítero e com meus pais também. Se formos, vamos condenar tudo e todos aqui — despejou Graciliano, o desespero patente em sua voz.

— Você não acredita nisso. Você me disse, Graciliano, disse que tem uma vida para nós além desse sertão. Que podemos ficar juntos! — O frio havia desaparecido, dando lugar a um calor colérico na boca do estômago.

— Mas vamos ficar juntos. Aqui, depois que essa Colheita passar. — Havia um tom de súplica na voz de Graciliano, como se procurasse convencer a si próprio mais do que a ela.

— Você já passou dos quinze, mas eu não. Eles ainda podem me levar, Graciliano! E então, eu nunca mais vou ver meus pais, nunca mais vou ver você!

Graciliano tremia, como se uma guerra acontecesse dentro de si, cada golpe trazendo um soluço mudo à garganta. Tinha lágrimas nos olhos quando os ergueu para encarar Damiana.

— É preciso ter fé no Provedor.

Damiana explodiu em pranto, afastando-se dali aos tropeções em direção a sua própria casa. As pessoas nas ruas agora assentiam em aprovação, pois só a tristeza combinava com aquela noite e os horrores do porvir. Passou pela feira, onde os comerciantes já desmontavam suas barracas apressados, desejosos de estar na estrada longe dali antes que a primeira estrela surgisse no céu. Atravessou o portão e correu para o seu quarto, atirando-se sobre a cama. Chorou e chorou, desejando que Eles viessem e levassem todos, ela, Graciliano, o Presbítero, as pessoas na rua. Todos, para padecer naquela colina, lamentando e apodrecendo juntos, que era o que mereciam. Os pais apenas se preparavam para aquela Colheita, lançando olhares tristes e esperançosos para a porta.

As horas correram, como sempre faziam, e Eles surgiram pelas ruas, uma procissão negra a se arrastar como vermes sobre os ladrilhos. Sua mãe gritou, mas Damiana não se surpreendeu quando ouviram o bater em sua porta. Ela mesma a abriu, encarando o miserável grupo de figuras esfarrapadas, membros retorcidos e purulentos escapando por entre as vestes escuras. Despediu-se serena do pai e da mãe e os deixou prostrados no vestíbulo, seguindo a pequena multidão desmazelada pelas ruas vazias. Sabia que olhos a observavam através de frestas em janelas e portas, e quase podia sentir o alívio das outras famílias.

Caminharam lentamente e em silêncio, deixando a cidade às escuras e adentrando o sertão agora gélido, os animais noturnos fugindo e se escondendo entre as rachaduras do solo ante a sua passagem. Andaram e andaram, e Damiana podia ver, aqui e ali, nesgas de peles cobertas de chagas se destacando sob o luar. Uma inclinação suave e constante os levou colina acima, onde pararam na boca de uma grande caverna. As figuras de negro se renuíram ao redor de Damiana, respirações rascantes chiando dentro de peitos esgotados. Finalmente um deles se aproximou, o capuz ainda puxado sobre o rosto, sua voz um gorgolejo quase ininteligível.

— Você agora é nossa, Damiana. Há de suportar a Praga conosco, até que ela o leve para junto do Provedor. Quinze anos a partir de hoje, se ainda estiver viva, poderá escolher um jovem da cidade que diminua seu sofrimento e a solidão.

— Foi Moema quem me chamou? — perguntou Damiana, olhando ao redor, esperando ver a amiga de infância despir-se daqueles andrajos e recepcioná-la.

— Moema esteve aqui e se foi muito cedo. Falou de você, do amor que sentiam uma pela outra. Falou que, todas as noites, implorava ao Provedor para que nunca a visse neste lugar. Falou também, Damiana, da sua beleza. — O homem aproximou-se, fazendo com que ela desse um passo instintivo para trás. Ao seu redor, o círculo pareceu cerrar-se ainda mais.

— O que quer de mim? — perguntou Damiana, embora já soubesse a resposta.

— Hoje é o meu dia, minha menina. E é a minha cama que você vai aquecer, até que a Praga se canse de castigar nossos corpos. — E então ele ergueu o capuz, fazendo com que Damiana sufocasse um soluço atrás de suas mãos. O homem tinha a pele carcomida pelas feridas, a secreção escorrendo lentamente dos cancros inflamados. Do seu rosto devastado, metade da mandíbula pendia solta, escurecida e podre, os poucos dentes restantes quebrados e amarelentos. Um dos braços se amparava sobre uma bengala enviesada, enquanto o outro já não estava mais lá. Lentamente, ele manquejou até Damiana e, atirando fora o apoio, correu os dedos nodosos pela face de porcelana. Passeou a ruína que era a sua mão pelo pescoço, ombros e seios adolescentes, com uma fome urgente e insaciável. Finalmente, fez com que ela se deitasse sobre um catre, tirando sua a roupa com dificuldade. Seus olhos avermelhados devoraram o corpo jovem, percorrendo cada curva e marca, cada reentrância e forma. Antes de rastejar para cima dela, lançou fora as suas vestes e Damiana fechou os olhos para poupar-se ao menos daquele horror.

***

Trinta

Damiana caminhava com dificuldade, um dos pés entrevado e inútil, batendo dolorosamente contra as pedras da rua. A dor a fazia gemer por entre os lábios destruídos e cada lamento era ecoado pelos companheiros em derredor. Arrastaram-se por entre as avenidas cada vez mais largas e compridas, admirados dos palacetes que se erguiam atrás de jardins bem cuidados. Naquela noite, a Colheita lhe pertencia, e ela se dirigia para um dos casarões, sabendo bem quem iria encontrar ali. O sorriso e o toque de Graciliano estavam marcados a fogo em sua memória, e havia chegado o momento de prestar-lhe visita. Recordou as mãos dele sobre os seus seios e entre as suas coxas, nas brincadeiras escondidas da juventude, quando achou que ele seria seu primeiro, seu único, seu eterno. Seu peito agora era um buraco mutilado, as pernas gangrenosas quase incapazes de suportar o peso do corpo derruído.

Mas Graciliano, há muito, estava além do seu toque. Não era um amante o que ela buscava naquela noite. Escalou com dificuldade os degraus que levavam até a porta do antigo amor, seus próprios lamentos somando-se aos dos companheiros, atrás de si. Sorriu quando escutou um choro de recém-nascido. O ventre murcho de Damiana jamais poderia gerar um filho, mas ela teria a família com a qual havia sonhado. Bateu com a bengala na porta e o grito de angústia que partiu lá de dentro foi como um bálsamo sobre as suas chagas.

Ponto morto

A estrada existia apenas durante o instante em que os faróis a tocavam, desfazendo-se em escuridão para além dos fachos amarelados. Arimateia mantinha uma mão no volante, a outra segurando o microfone do PX junto à boca, a boleia como uma caverna a amplificar as vozes que saiam do rádio. Vinham filtradas pela estática, chiando feito carne-de-sol na chapa, na cadência à qual se acostumara há anos, de câmbios, na escuta e desligo. Brincava com os companheiros, soltando gracinhas e 88s, ao que os outros homens respondiam com barulhos exagerados de beijos, alguns com gemidos e outras safadezas. Arimateia ria, espantando o sono para uma curva mais adiante, mas sabendo que se mantinha sempre ali, como que espreitando da mata de um lado e da pedraria de outro. Passou assim um tempo e então avisou que iria desligar o aparato, pois no alto das Russas o nevoeiro já engrossava, exigindo sua atenção. Gostava de dizer que ali ele dirigia até de olhos fechados, tantas vezes havia feito aquele trecho, sabendo até em que altura se fincava cada cruz que acostava a estrada.

Sentiu mais do que viu o começo do declive e desligou o motor, permitindo que o caminhão seguisse na banguela, pensando que cada gota de combustível economizado era mais dinheiro na carteira no final do mês. Preferia trabalhar de coruja, que àquela hora da madrugada a estrada lhe pertencia e a mais ninguém. Dizia a si mesmo que estava acostumado a trocar o dia pela noite, já não fazia questão e achava até melhor. Foi avançando devagar, apoiando-se no volante e deixando o som das rodas no asfalto embalarem seus ouvidos. O frio se agarrava à carroceria lá fora e ao seu casaco, endurecendo os dedos e chamando o sono. Pesavam as pálpebras como a carga que levava às costas, o rosto querendo partir a cada bocejo. Piscou. A estrada seguia à sua frente, interminável. Piscou mais uma vez. Atentou para a curva que se aproximava, sabia sem precisar de placa. Quando fechou e abriu os olhos pela terceira vez, viu a pessoa no meio da pista. Danou o pé no freio, quase inútil com o motor desligado, girou a direção para o lado, invadindo a contramão, sem perceber o carro vindo na direção contrária.

Aprumou o caminhão apenas para ver o outro veículo arrebentando a mureta do acostamento e despencando pela serra abaixo, os faróis como duas estrelas cadentes que logo se apagaram. Arimateia ligou o motor, conseguiu afinal frear e encostou junto às pedras. Ali ficou por um tempo, olhando pelo retrovisor, sem ver gente ou carro no breu da estrada. Ainda estendeu a mão trêmula para o rádio, mas deteve-se. Quando sentiu que as pernas recobravam as forças, voltou a descer a serra e não mais olhou para trás.

***

Deixou o prato de cuscuz e galinha guisada mais ou menos intocado, como vinha fazendo nas últimas noites. Antes, comia com uma fome do tamanho da estrada, equilibrando pirâmides de comida no prato, fazendo inveja aos colegas. De fastio nunca havia sofrido na vida, mas agora brincava com a janta, mexendo bocados para lá e para cá, até que esfriassem e começassem a chamar moscas. Levantou-se, despedindo-se das garçonetes, e deixou a lanchonete. Atravessou o estacionamento do posto, sentindo o cheiro familiar de gasolina, álcool, diesel e graxa, misturado ao suor azedo dos homens que por ali circulavam e que ia cumprimentando de passagem. A maioria já havia estacionado seus cargueiros nos arredores e ia se preparando para passar a noite depois de baterem poeira nos banheiros com chuveiro. Formavam ali uma cidadela de edifícios horizontais, com ruas e vielas entre um caminhão e outro, por onde circulavam, conversavam, penduravam redes, esquentavam café no cabeçote do motor, jogavam dominó e, mais raro, brigavam. Àquela hora, a boleia ia chamando para dormir.

Arimateia se encaminhou para a sua, mas para começar o trabalho. Ajeitou-se na cadeira, sentindo-a desconfortável como antes não acontecia. Agarrou o volante para evitar o tremor que agora acometia as mãos, respirando fundo uma, duas, dez vezes. Já havia se tornado um ritual, encarar os próprios olhos no retrovisor e convencer o reflexo que ele não era nenhum cachorro-louco, um irresponsável, como muitos que via por aí. Ao contrário, chamavam-no doutor, ensinava o caminho das pedras e do asfalto para os mais novos, professor com estudo curto, mas vivência longa. Aos poucos desacelerou o pulso, como se o coração fosse um caminhão velho e desobediente, mas ainda possante. Girou a chave, sentindo a vibração do motor nos dedos, nas nádegas, no nariz e nos ossos, e partiu, buzinando em despedida. Os faróis iam engolindo o tapete negro à sua frente e Arimateia foi aos poucos esquecendo a agonia de momentos antes. Então passou por uma carcaça na beira da estrada, um esqueleto de Monza, de ferragens entronchadas e empretecidas, ali abandonado há anos, sabia. Olhou para o veículo morto, depois para a serra à sua frente e arrepiou-se, sentindo o coração acelerar mais uma vez.

Aquilo não era medo, era o rebite que havia tomado pouco antes, junto com uma caneca grande de café preto, dizia de si para si. Não gostava daquelas coisas e, mais jovem, jamais havia precisado delas, mas a vida era assim mesmo, tinha de puxar carga noite afora e irresponsável seria se dormisse ao volante. Nunca mais. Aumentou o volume do forró e fez da direção zabumba enquanto dirigia serra acima, murmurando aqui e ali uns versos soltos em acompanhamento. De quando em quando, o PX trazia as vozes dos companheiros na faixa do cidadão, mas agora evitava falar, limitando-se a escutar os avisos, as safadezas, as maledicências. Sua atenção agora pertencia apenas à pista e nada mais. Seguiu em seu caminho, mais subindo que descendo, fazendo curvas com cuidado enquanto o nevoeiro ia se achegando junto com o frio da madrugada. Foi então que viu a moça. Piscou e esfregou os olhos, estranhando aquela mulher ali, na cabeceira da estrada, maleta em mãos, pedindo carona. Sabia que no meio da mata havia casebres, onde se apertavam famílias inteiras. O que achou esquisito foi a hora. Essa brigou com o marido, pensou, diminuindo a velocidade e puxando para o acostamento. Esticou-se para abrir a porta do lado do passageiro e ela subiu.

Achou-a bonita em seu silêncio. Quando perguntada pelo destino, apenas indicou com o olhar que desejava descer as Russas, dando a entender que de lá se encaminharia. Arimateia pôs-se a dirigir, esguelhando de vez em quando. Não lembrava a última vez que havia visitado a casa de tolerância, como dona Lindalva se referia ao seu puteiro, não permitindo que ninguém chamasse as meninas de raparigas. A moça se mantinha calada, mala aos pés, olhando as árvores que corriam ligeiras do lado de fora. Não havia colega que não contasse ao menos uma história de mulheres que acabavam em suas boleias, com mais frequência em fuga do que em busca de um lugar. É dá ou desce, diziam às gargalhadas, e Arimateia ria junto, enquanto detalhavam o que elas faziam sob a ameaça de serem deixadas no meio do nada, por vezes em noites geladas como aquela. Não achava errado, o frete havia de ser pago de algum modo, e, se fossem direitas, direitas mesmo, não estariam sozinhas na estrada, mas em casa. Sabia que gostavam, as safadas, mesmo as que pediam "não, por favor, faça isso não, moço", e se rasgavam em lágrimas. Esticou a mão para trazer a dela para sua virilha, que era hora de passar a marcha, como se dizia. A pele era gelada sob seus dedos, a carne diáfana como a névoa lá fora, e então partiu-se o silêncio.

A voz vinha do rádio, quebradiça, raspando-se, como unhas podres arranhando a carroceria. A moça olhava para ele agora, mas seus lábios estavam fechados e exangues. Arimateia sentiu o gelo se espalhando pelo braço enquanto as palavras chegavam aos seus ouvidos, proferidas por nenhuma boca. Então a mulher contou a sua história. Havia saído de casa corrida, juntando o pouco que tinha na mala, desembestando pelo mato antes que o marido ruim voltasse da roça. A cada passo rumo à estrada sentia-se mais liberta, deixando para trás a antiga vida e as surras diárias, para ela tudo a mesma coisa. Caminhava pelo acostamento em busca da antiga rodoviária quando veio o carro, ziguezagueando doido pela pista. O que restou foi a pequena cruz branca naquela curva, ali plantada pelo viúvo, que muito havia chorado em seu funeral, jurando que mataria o responsável, não houvesse ele corrido daquele lugar e jamais encontrado. O frio agora condensava janelas e adormecia pernas, Arimateia sentindo o sono se agarrar aos seus olhos. Piscou e pisou o freio, o baque atirando seu rosto contra o volante. Quando deu por si, o sangue minava da testa cortada, mas não havia mais ninguém naquela boleia.

***

A culpa não havia sido dele. Do governo, sem dúvida, que desde que se entendia por gente prometia duplicar a rodovia doistrêsdois, mas ainda era preciso invadir a pista contrária nas ultrapassagens. Ele mesmo fazia a sua parte, dava sinal para os motoristas de veículos menores na sua traseira, indicando quando era seguro passar adiante. Quantas vidas já não havia salvado daquela forma? Isso também não contava? Arimateia resmungava para si mesmo enquanto dirigia, coisa que antes não fazia, mas agora o silêncio o afligia e era preciso se convencer. A culpa não havia sido dele, era tudo o que importava. Folgou por alguns dias depois da última viagem, justificando à chefia que não se sentia bem, era preciso descansar. Deram-lhe dois dias e o mandaram de volta à estrada, para subir e descer as Russas, como sempre havia feito e jamais havia se queixado. Sentiu o rebite dando no coração e seguiu em frente, mais interessado em encerrar logo a viagem do que em dormir. Quanto mais subia o aclive, mais o pulso acelerava, e Arimateia se encarava no retrovisor e mandava parar de frescura, que aqueles achaques eram coisa de mulher, de caminhoneiro é que não. De vez em quando coçava o curativo já sujo na testa. Passaram as horas e, sem precisar de indicação, sabia que logo começaria a descida. Foi aí que viu o homem.

Aguardava no acostamento, muito arrumado, fazendo sinal de que queria passagem. Arimateia mal o olhou. Seguiu direto, acelerando o caminhão e balançando a cabeça de um lado para o outro. Mas fazia graça mesmo, dar carona a gente desconhecida, macho ainda por cima. Duas décadas de estrada, nunca havia tido carga roubada ou sofrido assalto, não era agora que ia começar. Por cacoete, buscou o trezoitão no porta-luvas, ali mais como amuleto do que como arma, que só havia atirado mesmo contra garrafas vazias. Preciso fosse, sabia o que fazer, mas por que facilitar? O homem que caminhasse, no frio, sim, na escuridão, sim, cada um com seus problemas, os dele ninguém se propunha a carregar, pagava o mundo na mesma moeda. Seguiu pista abaixo, ainda rindo da ousadia, quando o PX começou a estalar, desligado como estava. O pulso correu, não teve ânimo nem de culpar o rebite, que ao que soubesse ele não amolecia as pernas de ninguém. A névoa lá fora parecia querer se enfiar boleia adentro e, incapaz disso, mandava o frio em seu lugar. A voz veio quando enxergou o homem ao seu lado, encarando-o com olhos arregalados de ódio e dor. Queria parar, queria acelerar, queria jogar o caminhão ribanceira abaixo. Só conseguiu seguir dirigindo e escutando.

Dessa vez não ouviu da vida, mas da morte. O homem gritava com lábios imóveis, falando do ônibus que o havia apanhado ao atravessar a pista, por ela o arrastando, até que pele, carne e ossos foram se desfazendo contra o asfalto quente. Agarrado àquele para-choque, ainda viveu para ver o motorista parar o veículo, olhar a paródia de ser humano que ainda se mexia, vomitar e tirá-lo dali. Atirou o que sobrou do homem ao mato, por onde ele rolou qual molambo ensanguentado, onde ficou e afinal morreu, comido pelo sol e pelas formigas. E Arimateia sentiu a agonia que ele sentiu quando as ferragens quebraram seus ossos, quando seu rosto foi arrancado pela pista, quando os urubus desceram para bicar seus olhos. Queria gritar também, mas aquele urro que escapava dos alto-falantes o emudecia. Ainda assim abriu a boca, mais e mais, até sentir a mandíbula estalar, até que a dor o trouxe de volta. Estava só, caminhão desembestado, que ele tratou de parar assim que pôde. Abandonou a boleia e pôs a janta para fora, por cima dos sapatos surrados, e do mato no acostamento. Foi então que viu a pequena cruz branca encarapitada em um nicho ali perto.

***

Havia desligado o PX, cortado sua fiação, arrancado o aparelho do painel, atirado fora as caixas de som. As vozes continuavam vindo, e os caronas também. Quando passava direto por eles, surgiam uma ou duas curvas depois, na boleia, olhos arregalados e bocas cerradas a contar de suas mortes. Era uma que havia queimado dentro de uma Kombi, outro que se arrastara pela pista sem as pernas, arrancadas por uma carreta. Então vinha a dor, tanta que nem o frio da neblina conseguia anestesiá-lo. Exausto, por vezes parava o caminhão e se resignava a permitir que subissem, e então contavam de suas vidas, suas alegrias, dores, decepções e esperanças, até que a estrada arrancasse tudo deles. Aí mergulhava em tristeza, daquela gente interrompida antes do tempo. Já não precisava mais do rebite para enganar o sono, que só chegava mesmo durante o dia, impedindo-o de mudar seus horários. Subia e descia as Russas, necessitado de trabalho, pedindo a Deus e aos santos que o poupassem daquelas visitas. Mas se fizeram moucos às suas orações, desacostumados. Pensou se conseguiria viver assim, até a velhice ou a estrada acabarem de vez com sua vida, quando passou por um embrulho no acostamento.

Não se deteve, atento que estava à neblina de onde surgiam os caronas naquela descida das Russas. Mas então, do buraco onde antes ficava o rádio, agora uma ferida de onde se derramavam fios e cabos como tripas de um cadáver eviscerado, veio um choro. Arimateia agarrou-se ao volante, gemendo, sacudindo a cabeça, decidido a não olhar. Olhou. Ao seu lado, no banco, agora viajava a trouxa informe que havia visto junto à pista, tomando-a por um amontoado de lixo. Ergueu a mão trêmula da marcha, mandando que ficasse no lugar, mas sabendo que não ia lhe obedecer. Afastou os panos gélidos, desmanchando-se em fumaça sob seus dedos, e viu a criança, punhos cerrados, rostinho contorcido de dor e fúria, a boca um botão, pálido e fechado. Viveu sua morte. A batida, os braços da mãe tentando segurá-lo junto ao corpo enquanto ele era arrancado pela força do impacto, atravessando o para-brisas do carro, estourando-se na pista feito fruta podre caída da árvore. Naquele lugar, não uma cruz, mas um pequeno anjo de barro em um pedestal, olhos cegos voltados para a noite. Tudo aquilo Arimateia sentiu, vezes sem conta, até o seu grito abafar o choro da criança. Então fez-se o silêncio, viu-se só mais uma vez, restando apenas o frio e uma decisão.

Desligou o motor e trouxe o câmbio em ponto morto, sentindo que o declive mantinha o veículo em frente, como tantas vezes havia feito no passado. Apagou os faróis e fechou os olhos, sabendo que não precisava nem de uns nem dos outros, e foi conduzindo pelas curvas da serra, saudando-as como velhas amigas. O rádio invisível voltou a funcionar, e o que escutava nele eram vozes de gente que jamais conheceu, mas que ainda assim lhe davam as boas-vindas, pedindo que se apressasse. O caminhão descia cada vez mais veloz, e Arimateia esqueceu o medo que vinha sentindo nos últimos tempos. Só lhe chegavam os sussurros nos ouvidos e o ruído macio das rodas sobre o asfalto, até que uma buzina surgiu e foi ficando cada vez mais alta. O pé ainda buscou o freio, cacoete adquirido pelos anos, mas afundou sem resistência. Não se deteve com a zoada, muito menos com a luz que atravessava suas pálpebras, até que tudo se tornou claridade, e soube então que a estrada não possuía fim.

Canção de Lorna

Levou a mão ao celular primeiro, reflexo dos cães de Pavlov, há muito adestrada em suas reações. Mas não era dele que vinha a música. Lorna olhou ao redor, buscando uma fonte, um trabalhador pedalando para casa carregando um grande e antiquado rádio, um carro de entrega de gás coroado de caixas de som, um vendedor de CDs piratas empurrando seu carrinho coberto de fotos de artistas americanos. Nada. Estava sozinha na rua, por onde de vez em quando rodava um ou outro carro, silencioso e de janelas cerradas ao mundo. Mas a música vinha, não sabia de onde, portanto concluindo que de sua própria cabeça.

Coçou os ouvidos, piscou os olhos e sacudiu a cabeça, feito cavalo querendo relinchar, mas ela continuava lá. Era algo simples, notas mal encadeadas, primárias, um ritmo quase infantil, como das antigas caixas de música, onde minúsculas bailarinas rodopiavam por toda a eternidade, ou ao menos enquanto durasse a corda. Mas sabia que jamais a havia escutado. Chegou a rir, achando-se compositora pela primeira vez na vida. Deu de ombros e seguiu seu caminho, dizendo a si mesma que logo esqueceria aquela canção sem palavras, a mente preenchendo-se de outras coisas. Mal percebeu que já assoviava a melodia quando chegou em casa, do começo ao fim e novamente, sem parar.

***

O namorado achou graça, disse que agora a vida dela possuía uma trilha sonora. Sentia até inveja, detestava silêncios, pois convidavam pensamentos aleatórios, estranhos, por vezes insistentes. Não, melhor estava ela, com uma canção suave a embalar cada passo e respiração, a preencher os vácuos da vida. Lorna não sabia se concordava. A melodia se repetia em sua cabeça, diáfana e insistente, exigindo atenção, pedindo para ser cantarolada a todos os momentos. E ela o fazia, por vezes sem nem o perceber. Surgia desarticulada dos seus lábios enquanto trabalhava no computador, tamborilava em seus dedos quando em reunião, sussurrava no ouvido do namorado enquanto faziam amor. Quando percebia o que estava fazendo, o calor abandonava seu corpo e se tornava rígida, dizendo pare, pare, acabou o clima. Ele sentava-se na cama, ainda duro de tesão guardado, balançando a cabeça inconformado.

Lorna agora contava passos e gestos por um ritmo secreto que só ela escutava. Havia batucado a canção, simplória que era, para outras pessoas, que davam de ombros sem a reconhecer, e a quem não dizia nada. Esqueciam-na com a rapidez com que voltava à sua cabeça, revoluteando ali dentro qual pássaro em gaiola, que ela tentava libertar e não conseguia. Buscou respostas e tratamentos, sentada em frente ao computador ou dedilhando o celular com dedos febris. Diziam que ela tinha de escutar a música até o fim, para dela se apoderar e, só então, dispensá-la de sua mente, mas ela existia apenas em si e apenas em si fazia eco. Precisava mascar chiclete, até que o som de lábios, dentes, língua, mandíbula e saliva substituíssem as notas. Nada. Havia de meditar, talvez acompanhada de algum vídeo-guia, um guru de voz calmante a narrar sua respiração, para dentro, para fora, inspire, expire, inspire, expire, inspire, expire. Lorna obedecia, olhos fechados, sentindo-se tola, e, quando esvaziava sua mente para permitir que os pensamentos fluíssem, era ela toda preenchida pela canção.

Ia ao trabalho, tomava a condução, fazia compras, conversava com as pessoas, assistia a filmes, escutava músicas, todo o tempo, tentando afogar a canção agarrada ao seu juízo. Por vezes, conseguia. Desconhecia o silêncio há tempos (acredita que já estou há dois meses nessa situação?), mas de quando em quando era capaz de ao menos mudar as estações daquele rádio, sem jamais desligá-lo. Passava assim algumas horas, talvez um dia inteiro, e então os dedos se embananavam com os botões, atrapalhava-se na sintonia, e a música voltava, mais alta do que antes. Era um círculo em sua mente, que percorria completo a cada poucos segundos, o dia todo e à noite também. Quando o sol baixava e as sombras vinham, Lorna esfregava as mãos agoniada, sabendo que iria piorar. Já não dormia mais.

Rolava na cama inquieta, acordando o namorado, por vezes vagando pelo apartamento, pedindo, rezando para que a música parasse, para que tivesse paz, para que as mãos parassem de tremer de aflição. A vida era agora um círculo também: quando não se exauria acompanhando a música perene, paralisava-se de medo que recomeçasse. E ela sempre recomeçava. Inúteis foram as consultas ao psicólogo e à psiquiatra, tanto quanto os ansiolíticos que tomava uma, duas, tantas vezes ao dia que se via constantemente visitando as farmácias. Olhava as prateleiras e as caixas coloridas, cega aos seus nomes e funções. A vontade é que tinha era a de abrir os fracos e sair virando os líquidos, qual lapada de cana, até que o silêncio viesse afinal, de uma maneira ou de outra. O namorado pedia paciência, mas a ele mesmo parecia não restar mais nenhuma. Passava agora algumas noites fora de casa, dizia que na casa de algum amigo, onde conseguia dormir. Lorna concordou, incapaz que era de discordar, e passou a ficar só no apartamento, apenas a música a lhe fazer companhia.

Não mais conseguia inundar a melodia sob outros sons, os vizinhos reclamando do som ligado durante as madrugadas. Cantava para si e falava com as paredes, por vezes gritava com elas, enquanto puxava os cabelos e rangia os dentes. As janelas do apartamento eram bocas a chamar seu nome, prometendo silêncio e sossego, depois de uma última valsa suspensa no ar. Olhava para o estacionamento embaixo e via seu corpo destroçado sobre o capô de algum carro, membros retorcidos, cabelos cheios de cacos de vidro, sangue escorrendo dos olhos abertos, em paz. Urrava, encolhida no chão da sala, cobrindo com as mãos os ouvidos, sabendo ser inútil, estando a música dentro, não fora deles. Olhou-se no espelho, macilenta, assanhada, a loucura encarando-a de volta. Num grito, esmurrou aquela mulher que não mais reconhecia. O sangue escorreu de seus punhos e Lorna gritou de dor. E ao fim daquele berro, sentindo os cortes e arranhões nas mãos rubras, lhe veio o silêncio. Por um tempo.

***

Às cicatrizes antigas iam se juntando os novos cortes, primeiro nos lugares onde a roupa cobria. Lorna apertava as coxas junto à virilha, corria as unhas pelos ombros, chicoteava as costas com um pedaço de arame, deslizava a faca por entre os seios, diante do espelho. Gemia, por vezes gritava de dor, e por um tempo a música arrefecia, e ela passava algumas horas em um silêncio abençoado e ensanguentado. Mas a melodia continuava lá, bicho à espreita, mordiscando seu juízo, assediando-o até pular sobre ele com suas garras e a ele se aferrar. Então se punha mais uma vez a esmurrar as paredes, morder a língua, arrancar os cabelos, apagar fósforos na pele. Parou de ir ao trabalho, primeiro porque já não conseguia fazer nada de útil, segundo porque não suportava mais os olhares sobre os machucados eternos, como se andasse brigando pelas ruas ou apanhando do namorado, que há tempos já não via.

Tomava remédios e qualquer droga em que conseguisse pôr as mãos, relaxantes, estimulantes, depressivas, lisérgicas, alucinógenas, nenhuma delas calava aquele som eterno.

Vagava pelas ruas de dia e à noite, na esperança de que a algaravia do trânsito ao menos abafasse a canção, que seus lábios formavam mudos, sem nem perceber. Tropeçava pelas calçadas, indiferente às pessoas que olhavam seus olhos avermelhados, seus cabelos despenteados, suas roupas imundas, suas feridas pingando sangue. Deu com o ombro em uma senhora que tentava passar e ela caiu, estatelando-se no chão com um baque surdo, enfiando uma mão num saco de lixo ali encostado. Tirou-a dele aos gritos, coberta de cacos de lâmpada, os dedos já empapados.

Lorna se deixou ficar, observando enquanto a velha olhava ao redor em desespero, contorcia-se de dor, gritava por ajuda. E a música silenciou. Piscou os olhos para sair do transe e se afastou dali, ignorando as pessoas que ajudavam a mulher e suas acusações, maravilhada com aquela quietude. Quando voltou para casa, ainda passou algum tempo sem escutar a melodia. Mas quando ela retornou, sabia o que fazer. Pegou a faca na cozinha e dessa vez não cortou a própria carne. Em vez disso, saiu de casa sabendo que a dor não seria mais apenas sua.

***

Tentava guardar na memória os gritos de dor, que empurravam para fora a sua canção. A primeira havia sido uma mendiga que vez por outra fazia da esquina sua casa, mais perambulando do que ficando. Levou-a até um terreno baldio com um prato de comida em uma mão e a faca oculta na outra. Matou-a apressada, desajeitada, enquanto a mulher se acocorava para comer, dando-lhe as costas e perdendo a vida. Enfiou a lâmina de qualquer jeito, nos ombros, nas costas, no pescoço, e ficou escutando enquanto ela se engasgava com sangue e feijão. Riu por entre as lágrimas no silêncio que se seguiu, limpando o sangue das mãos no vestido rasgado aos seus pés, murmurando um agradecimento enquanto o fazia.

O próximo foi um homem, cujo nome ela não se deu o trabalho de guardar. O aplicativo o trouxe para sua casa, onde ele surgiu sorridente e um tanto incrédulo de sua sorte. Lorna tirou a roupa dele, deitou-o na cama, mandou que fechasse os olhos, prendeu seus braços sob as coxas nuas e enfiou a lâmina em sua barriga flácida. Ele estrebuchou, tentando afastá-la, mas ela cortou e cortou, o som alto afogando seus gritos. Dessa vez demorou-se mais. Quando terminou, a cama era uma poça escarlate, pingando no assoalho pelas pontas dos lençóis. Aninhou-se junto ao corpo, sussurrando um agradecimento aos ouvidos mortos, e dormiu pela primeira vez em meses. Acordou descansada e sorrindo para o silêncio que a rodeava. Ainda passou alguns dias assim, antes que a melodia retornasse.

Quando voltou, foi com uma insistência redobrada, a rodar implacável no seu crânio, estridente, pautando o ritmo dos seus passos, passeando pelos seus lábios, repicando urgente. Lançou-se às ruas, a faca encrostada de sangue oculta nas roupas, procurando alguém, qualquer um que emudecesse a canção. Chegou a uma avenida, onde o povo caminhava para cima e para baixo sob a luz que esmaecia rubra para dar lugar à noite. Viu uma mulher com uma criança no colo, ninando-o com uma melodia que não chegava aos seus ouvidos. Dirigiu-se para ela. Achegou-se em passos rápidos, tropeçando nas pessoas e em si mesma, a música ribombando dentro de si, parecendo ditar até as batidas do seu coração. Tateou o cabo entre as dobras da saia puída, não mais se importando de que vissem o que ela pretendia fazer. Acercou-se da mãe e do bebê, puxou a lâmina e então veio o silêncio.

Lorna quedou-se, perplexa, a faca imaculada em mãos, a mulher ainda aconchegando o filho à sua frente. A música havia parado. A quietude reverberava pela sua cabeça agora, lago em dia sem vento. Abriu os dedos, quase sem atentar para o barulho de metal sobre o calçamento. Não havia mais melodia agarrada ao seu juízo. Danou-se a rir entre um soluço e outro, bendizendo aquele silêncio desacostumado, quase esquecido. Então voltou a notar a mulher, que a olhava com estranheza. Piscava e balançava a cabeça, enquanto o menino se punha a chorar. Então ela se aproximou de Lorna e quis saber se ela escutava a música também. E ao seu redor, andando pela avenida, dirigindo seus carros, as pessoas paravam onde estavam, agoniadas, coçando os ouvidos, fazendo a mesma pergunta.

Maré traz

O homem tossia e engasgava, vertendo água salgada pela boca escancarada enquanto tropeçava por entre conchas partidas e restos apodrecidos de madeira. Mais de uma vez foi ao chão, rendendo-se ao peso do mar que ainda carregava em seus sapatos, roupas, cabelos e pulmões. Continuou caminhando quando podia, arrastando-se quando não havia mais o que fazer, passando pelas jangadas que lhe ladeavam o caminho, presas à areia que era alva mesmo à noite. Apoiou-se nas pequenas embarcações para erguer-se, os pés deslizando sobre o sargaço úmido esquecido ali pela maré, forçando-se adiante apesar do cansaço, da dor e do desespero. Olhou para a frente e viu pirilampos imóveis, as luzes amarelentas que pontilhavam uma paisagem escura de casebres. Atrás deles, um farol se erguia em direção às estrelas pálidas, um facho branco partindo do seu espelho refletor, movendo-se sobre o mar em uma negativa perpétua.

Dirigiu-se às casas, bufando e cuspindo o sal que queimava a sua garganta seca. Percebeu movimento, vultos escuros que se aproximavam, carregando lanternas que balançavam para lá e para cá a cada passo, como se flutuassem sobre ondas. Homens, mulheres e crianças se acercaram dele, os mais fortes do grupo tomando-o pelas axilas e ajudando-o a vencer a distância que os separava de um banco próximo. Ordens e recomendações foram gritadas, e o homem ainda lutava para normalizar a sua respiração quando um copo de água doce lhe chegou aos lábios. Bebeu com a sede dos que por muito tempo tiveram apenas o mar ao seu redor e nada mais, quase sufocando ante o próprio ímpeto. Quando sentiu que estava satisfeito, pôde amealhar força suficiente para falar, pontuando as frases com soluços desesperados que lhe sacudiam os ombros.

— Um desastre aconteceu. O navio onde eu viajava afundou depois de se chocar contra um arrecife submerso. Ninguém mais escapou. — Nesse ponto, ele cobriu o rosto com as mãos trêmulas, a voz morrendo em um sussurro agoniado. — Nem a minha esposa. Nem o meu filho.

O homem chorou, salgando ainda mais a pele do seu rosto vincado, e, depois de cansar-se do seu próprio pranto, recompôs-se em um arremedo de calma. Pediu por um telefone, para que pudessem saber do seu paradeiro e lhe fossem tirar daquele lugar. As pessoas que o rodeavam se entreolharam em silêncio, sacudindo as cabeças para um lado e para o outro devagar, imitando o movimento da luz que partia do farol. Um deles explicou que ali não havia telefones, rádios, televisões ou computadores. Eram uma vila muito pobre de pescadores e o que possuíam era aquilo que o moço podia ver à sua volta. Ele girou a cabeça para os lados, tão desconcertado que por alguns instantes pareceu esquecer a sua dor. Tudo que viu foram redes estendidas em precárias armações de madeira, aguardando costura; samburás furados, cordas partidas, correntes enferrujadas, remos estilhaçados, barcos despedaçados. Atônito, o homem perguntou do que viviam, se seus instrumentos de trabalho jaziam, quase todos, em frangalhos sobre a praia.

— Vivemos do que a maré traz — respondeu uma mulher de cabelos amarelados, uma expressão indecifrável em seu rosto queimado de sol.

O homem perguntou por meios de transporte, fossem carros ou caminhões, ou até mesmo uma carroça que pudesse, aos solavancos da estrada, levá-lo de volta para casa.

— Só as jangadas, essas que o moço vê aí na areia — retorquiu um rapaz, magro e de olhos escuros, apontando um dedo ossudo para os esqueletos de madeira que repousavam por todos os lados. Eram ripas e ferros, quebrados e retorcidos como as costelas expostas de um cadáver.

O homem então pôs ambas as mãos sobre a cabeça e perguntou-se, em voz alta o que, em nome de Deus, faria agora. O povo do vilarejo colocou-o de pé mais uma vez e o levou, trêmulo de frio, até uma choupana, tão miserável quanto as outras, porém ornada com estranhas figuras, carrancas feitas de ossos e escamas de peixe. Dentro, uma velha de cabelos brancos e desgrenhados o aguardava. Um fogareiro tosco proporcionava luz, calor e um aroma pungente de algo que borbulhava em uma pequena panela de barro. Imediatamente, o homem sentiu a fome morder suas entranhas, enquanto se acomodava em uma esteira sobre o chão de terra batida. A mulher saudou-o com um movimento de cabeça, embora não voltasse o rosto em sua direção. Quando a vista se acostumou mais à penumbra, ele percebeu que ela era cega. Os olhos leitosos em nada se fixavam, mas ela manipulava os poucos objetos ao seu redor com uma destreza insuspeitada. Depois de alguns instantes de silêncio ela começou a falar, ocasionalmente mexendo a comida com uma enegrecida colher de pau.

— O moço tá fraco, depois de uma provação tão difícil. Coma, que depois vemos como se resolve a sua situação.

O homem aceitou de bom grado a comida oferecida, mãos enrugadas se tocando em volta da cuia, as dela pela idade, as dele pelo mar. O homem deu vazão à fome, quase esquecido da mulher à sua frente, cuja face voltava-se para algum ponto indistinto da escuridão da cabana. A cabeça despenteada e branca se enviesava, como quem procura melhor escutar uma voz distante. Sorveu o caldo e catou os pedaços de coisas que não conseguia identificar com os dedos, lambendo-os ruidosamente enquanto o ventre amainava os seus protestos. Era bom, forte e salgado como o mar, e ele aceitou outra porção para afastar ainda mais o frio e a lembrança do que havia acabado de passar.

— O moço passou por muita dificuldade até chegar aqui. Isso eu consigo enxergar. Mas não se avexe, que aquilo que o mar toma, a maré traz.

— O que me foi tirado jamais poderá ser devolvido. — Ele sentiu um amargor em sua boca, e não sabia se ele provinha da dureza de suas palavras ou da comida que repousava sobre as suas pernas cruzadas.

— Não tem nada que as águas não tragam de volta um dia, moço. Mesmo aqueles que escolhemos abandonar.

O homem pôs-se de pé em um átimo, sentindo-se tonto com o esforço desacostumado e experimentando um calor colérico se espalhar da boca do seu estômago. Sua cabeça resvalou em um adereço que pendia do teto, fazendo as espinhas de peixe tilintarem como um mensageiro dos ventos.

— Como pode dizer algo assim? Eu os amava e o mar os arrancou dos meus braços! — Com o canto dos olhos, pôde ver que a porta, janelas e cada fresta da parede feita de ripas e troncos de coqueiros estavam tomadas pelos rostos dos aldeões, que espreitavam em silêncio sob a luz do luar. Sentiu medo então, mas não o suficiente para arrefecer o ódio que sentia.

— Se é verdade o que diz, moço, o momento é de se alegrar. Hoje é noite de maré alta e logo você os encontrará novamente.

O homem emudeceu, estupefato ante as palavras da mulher e da largura do seu sorriso desdentado. A raiva fazia o pulso pipocar em seus ouvidos. Precisou apoiar-se em uma tora apodrecida que fazia as vezes de travessão do teto baixo. Sentiu que a força abandonava as suas pernas. O luar lá fora tornou-se mais pálido, e a escuridão do casebre pareceu pulsar, crescer como uma coisa viva que desejava envolvê-lo. Com as pálpebras pesando sobre os olhos, seu pé escorregou sobre a cuia virada, os conteúdos fumegantes agora filtrando-se entre as lacunas da esteira e ele então compreendeu. As trevas o cercaram e engoliram, e ele se deixou cair no breu que lhe roubava a visão.

***

O negror rescindiu-se por alguns momentos e ele forçou uma estreita fenda de visão através do torpor, discernindo apenas o horizonte do mar com a lua pairando em um reflexo trêmulo sobre as águas. Viu que a espuma estava distante e estranhou que estivesse ali, parado, observando a maré ir e voltar em um murmurejar baixo. E então sua consciência se perdeu novamente.

Despertou com a água lhe cobrindo os pés, para então recuar tão rapidamente quanto havia avançado, levando consigo a areia entre seus dedos e deixando uma trilha de sargaço e pequenas conchas em seu rastro. O homem ergueu a cabeça e era como se o oceano houvesse se aproximado, curioso, para melhor observar o seu infortúnio. Continuava de pé, sentindo os nós que lhe cingiam os pulsos atrás das costas, e entre um e outro erguia-se uma tora de madeira coberta de cracas, fincada na areia de modo a suportar seu o peso flácido. Testou as amarras com um grunhido surdo, apenas para confirmar que estava realmente preso àquela estaca. Respirou fundo e, virando a cabeça para trás o máximo que seu pescoço permitia, berrou em direção à vila, uma silhueta irregular que mal conseguia discernir com o canto do olho. Gritou e gritou, por vezes enraivecido, na maior parte do tempo amedrontado, implorando para que o soltassem. Desfiou ameaças vazias caso não o fizessem, prometeu recompensas impossíveis se o obedecessem. A sua única resposta foi o uivo do vento e o marulhar das ondas. Quando o ardor em sua garganta o forçou a silenciar, chorou. As lágrimas rolavam pelas suas bochechas e se derramavam sobre a água, sal misturando-se com sal na maré que já lhe alcançava a metade das canelas. Aí ele escutou.

Um som borbulhante e arrastado, diferente e ao mesmo tempo semelhante ao vai e vem da maré ao seu redor. Olhou para as águas distantes, nutrindo a esperança absurda de que alguma embarcação estivesse se aproximando, mas viu apenas as ondas, maiores e mais fortes agora. Perguntou-se, em desespero, se tencionavam que se afogasse ali, preso ao madeirame tal qual bruxa moderna, condenado por uma inquisição de pescadores que trocaram o fogo da purificação pelo seu oposto. Riria, se o medo o permitisse. O ruído estava mais alto agora, assim como a maré, que lhe acariciava os joelhos como uma amante ansiosa. Pensou que talvez já estivesse fundo o bastante para que peixes e outros animais se aproximassem de si, e retesou-se contra o pontilhão imaginando a primeira dentada. Ela não chegou e o som aumentava, o gorgolejar passando quase a um murmúrio grave, cuja vibração parecia lhe penetrar até os ossos. E foi aí que percebeu que algo se erguia das águas.

Seu coração disparou, enxergando barbatanas e imaginando o que nadava abaixo delas, mas logo percebeu que seus olhos o haviam enganado. Seu movimento não era ágil e imprevisível como o dos animais marinhos, mas moroso e estável, aproximando-se de maneira quase mecânica por entre as vagas. Horror e curiosidade lutavam dentro de si, quando o homem finalmente discerniu a natureza daquilo que a maré trazia. Eram cabeças que se revelavam entre as ondas, cobertas de algas e caramujos, a pele acinzentada pendendo molemente por sobre a carne apodrecida. Logo surgiram pescoços, e depois ombros, às dezenas e depois ao que pareciam centenas. O homem tremia e apertava-se contra o poste, observando impotente a aproximação daquela maré morta, vagalhões de membros esqueléticos e retorcidos que agora apontavam em sua direção. Quando o choque arrefeceu, voltou a berrar, esgoelando-se para encobrir o som do mar e dos mortos que se achegavam, mas nenhum vivente se aproximou.

Encolheu-se diante do horror que marchava em sua direção e abandonou as esperanças, sentindo no rosto a brisa que trazia o cheiro de carne podre misturado ao de sal. Os mortos eram tantos agora que faziam o mar fervilhar enquanto a água jogava contra seus corpos decrépitos. Viu homens com velhos uniformes de marujos e soldados, casacas maltrapilhas e cobertas de pequenos caranguejos a passear entre os botões restantes. Outros, de pele mais escura e nus, a se arrastar entre as vagas ainda carregando os grilhões enferrujados que lhe prendiam os punhos ossudos. Mas enxergou mulheres também, algumas com bebês carcomidos agarrados aos seios murchos, outras arrastando crianças sem olhos e narizes pelas mãozinhas de esqueleto. E entre elas reconheceu a esposa, trazendo o filho a tiracolo. O homem uivou de terror, debatendo-se tal qual bicho que se apercebe da hora do abate. Não havia dúvidas de que eram mesmo eles. Usavam as roupas de poucas horas atrás, e o mar ainda não havia tido tempo de castigar demais os seus corpos. A mulher erguia uma mão acusadora e mordiscada por peixes, as pontas dos dedos revelando a carne e o osso debaixo da pele. O menino estava pior, sem a cartilagem das orelhas e os lábios arrancados a mostrar um sorriso de caveira. A visão lançou frêmitos gelados pela coluna do homem.

A luta contra os nós que o prendiam rompeu a pele dos seus pulsos e ele sentiu o sal queimando em suas feridas, enquanto o sangue se espalhava qual fumaça pela água. Sentia que os mortos se moviam mais depressa agora, como um touro enraivecido pelo lenço provocador. O medo se apoderou do corpo do homem, levando-o a esfregar as cordas contra as cracas e conchas cortantes agarradas à madeira. Feria cânhamo e carne em igual medida, e o sangue tingia livremente a água ao seu redor. Quase podia sentir os dedos mortos a lhe tocar a face quando percebeu que estava livre. Deu as costas ao oceano e chapinhou pela maré que quase lhe alcançava a cintura agora, filetes escarlates traçando rastros pelos seus antebraços. Atrás de si, ouvia os cadáveres que gemiam e uivavam, suas lamentações medonhas sobrepondo-se ao vagar das ondas. Achou que havia discernido seu nome entre aqueles prantos desarticulados.

A maré o jogava para a frente com violência, deixando-o de joelhos, para logo em seguida tentar arrastá-lo para trás, como um peixe preso a uma rede. Ele tropeçou e patinhou, finalmente abandonando a espuma que chiava às suas costas. Correu como pôde pela areia em direção à vila, disposto a barganhar qualquer coisa que estivesse ao seu alcance para que lhe cedessem guarita. Não havia ninguém. Abriu portas e escancarou janelas, gritando por socorro e por piedade, mas não havia quem lhe ouvisse as súplicas. Na praia, os mortos se arrastavam já em terra firme, cercando-o qual legião. Com a mente febril, perguntou-se onde, na miséria daquelas choupanas caindo aos pedaços, poderia estar seguro. Foi então que uma luz brilhou no alto, chamando a sua atenção. Exausto, correu em direção ao farol, saltando os degraus que levavam até a castigada porta de madeira. Abriu-a e entrou, para logo em seguida passar-lhe os largos ferrolhos que se enterravam fundo na parede grossa.

Subiu pela escada em espiral, rodando sobre si mesmo e detendo-se apenas quando os pulmões pareciam inflamar-se como brasas ante o esforço. Um zumbido de motor e um fedor de óleo queimado lhe invadiram as narinas. Na metade de sua ascensão, os mortos arrebentaram a porta e adentraram a torre, jorrando para dentro como uma vaga pestilenta. Ele seguiu adiante, ignorando a dor que se espalhava pelas suas costelas e o tremor nas pernas, até chegar ao alçapão. Atravessou-o desabalado e selou a portinhola atrás de si, o estrondo assustando as gaivotas que ali se empoleiravam. Arrastou caixotes e peças de maquinário para lastrear a tampa da passagem, grunhindo com o esforço e com o ardor nos pulsos. Finalmente, permitiu-se cair em um canto, abraçando as pernas contra o peito arfante enquanto se perguntava se o mar lhe havia roubado o juízo. O ruído dos passos trôpegos na escada e os golpes contra a madeira do alçapão o convenceram de sua sanidade. As batidas reverberavam pelas paredes circulares, quase tão estrondosas quanto as do seu coração, enquanto ele apertava as mãos contra os ouvidos e implorava que parassem. E então, silêncio.

O homem se ergueu desconfiado, encarando a pilha de volumes instáveis que cobria a porta do alçapão. Pareceu que escutava uma voz agora, baixa e rouca pela falta de uso, mas ainda assim familiar. Começou a chorar quando reconheceu a esposa a sussurrar seu nome. Caiu de joelhos quando seu filho chamou pelo pai. Ele deitou-se ao lado do ferrolho, tremendo enquanto eles pediam que abrisse a portinhola, que os abraçasse como fazia quando ainda eram vivos. Queixavam-se de que havia apenas silêncio, frio e trevas no fundo do mar, e diziam que desejavam voltar para casa, onde tudo voltaria a ser como antes. O homem ouvia e gemia em desespero, movendo a mão ensanguentada lentamente em direção à tranca do alçapão, como se o membro fosse dotado de vida própria.

Os dedos acariciavam os parafusos e dobradiças, enquanto a mulher murmurava sobre o calor do seu abraço, saudosa das mãos dele acariciando seu corpo. Disse que todas as faltas e mentiras seriam esquecidas e que o perdoaria por tudo, as brigas e discussões, as ausências e traições. Até mesmo o abandono de sua família ao mar, enquanto ele se agarrava a um pedaço de madeira e nadava para longe, ignorando os gritos desesperados da mulher e do filho. O homem deteve a sua mão. Ergueu-se de um salto, trêmulo de dor e raiva. Gritou e deu com os pés no assoalho de madeira, afirmando que era mentira, que ele havia feito tudo, tudo o que podia, mesmo então, para mantê-los a salvo. Para que ficassem juntos. O silêncio pairou pesado no ar até que uma resposta veio, gorgolejante e ríspida, do outro lado do alçapão.

— Ainda esta noite voltaremos a estar juntos, meu amor.

As pancadas recomeçaram e a portinhola cedia em seus gonzos, trazendo abaixo os detritos que a encimavam e deixando ver os dedos deformados e podres que espreitavam pelas frestas laterais, tateando o chão como vermes famintos. O homem afastou-se, chegando até a balaustrada de onde se descortinava uma visão que lhe gelou o sangue nas veias. Da maré crescente, mais e mais mortos marchavam em direção ao vilarejo, seus membros despedaçados apoiando-se precariamente nos restos de embarcações que ladeavam o caminho para as casas, cujos alpendres a água já começava a lamber. A portinhola saltava em sua moldura a cada golpe, enquanto a mulher e o filho gritavam seu nome em vozes grotescas e rancorosas. Finalmente, o homem chegou a uma decisão. Tomou uma barra de ferro, retorcida e comida pela maresia, e, dirigindo-se ao centro da sala, destruiu a lâmpada e seu enorme espelho. Nenhuma outra embarcação sofreria semelhante destino naquelas águas amaldiçoadas. Em silêncio, despediu-se da família como a conhecia e trazia no coração. E então, correu para a janela, atirando-se às rochas pontiagudas que protegiam a torre das ondas, mas que eram impotentes ante os vagalhões de mortos.

***

Na manhã seguinte, as pessoas retornaram às suas casas, onde encontraram a paga costumeira. Havia roupas antiquadas e apodrecidas, louças quebradas, talheres enferrujados, fotos esmaecidas, espadas cegas e pistolas que não mais disparavam. Pilhas e pilhas de objetos em frangalhos que repousavam entre um sem-número de animais marinhos na praia. Por eles caminhavam homens, mulheres e crianças, colhendo o que lhes interessava e descartando o que sabiam ser inútil. Aqui e ali, alguém encontrava um tesouro: uma bolsa cheia de moedas de ouro, com estranhos brasões em suas faces; uma boneca de fina porcelana, a roupinha destruída pelas águas, mas bela em sua palidez pintada; uma escova de cabo de madrepérola, ainda boa de se usar; uma aliança de casamento. Tudo era reunido e deixado aos cuidados da velha, que tatearia cada um dos objetos com seus dedos encarquilhados e trataria de lhes dar destino, pelo bem da vila e dos seus habitantes. Recolheram peixes, caranguejos, camarões, polvos e o butim, levando tudo para as choupanas que, aos poucos, voltavam a ser ocupadas. Um grupo se encarregou da cozinha, outro da limpeza da praia. E ainda outro iniciou, como havia feito tantas vezes antes, os reparos do farol danificado.

O

Toda linha reta é o arco de um círculo infinito.

JORGE LUÍS BORGES

A Escuridão desmanchou-se em seus olhos e ela piscou, desperta. Tornou a sentir a si mesma e, por conseguinte, a cama onde seu corpo repousava. Era como se a própria vida, antes fugitiva, voltasse a peregrinar por seus membros entorpecidos. Olhou para baixo e cartografou o seu corpo, o vale que era seu ventre surgindo entre os seios em intervalos regulares. Não mais sentia aquela mão que lhe empurrava o peito, até que o ar se recusasse a transitar dentro de si. Pernas e braços expulsavam a rigidez de cadáver e ela percebeu, espantada, que vivia. Denunciava-se o coração em batidas cada vez menos urgentes. Vivia, mesmo. Perguntou-se mais uma vez por quanto tempo suportaria aquelas noites de terror que pareciam jamais findar.

Tomou o café com a distração do hábito, pondo-se a ler as notícias em seu celular. Partiu para o trabalho, encolhida no mesmo assento de sempre no ônibus. Fingiu ignorar a malícia encerrada nas vistas do motorista, o bom-dia lambuzado de intenções do cobrador. Agasalhada contra o ar-condicionado da empresa e o toque mal-vindo do chefe, desenhava objetos em seu computador. A linha ia e voltava na tela, descrevendo círculos sobre círculos. Criava marcas e símbolos, cada um deles fechado sobre si mesmo, infinito. Voltou ao apartamento, subindo os três andares do prédio antigo, degrau sobre degrau em uma curva ascendente. O chuveiro lavou a sujeira das ruas e das mãos atrevidas. Observou a água descer em redemoinho pelo ralo, antes límpida, agora vermelha, carregando embora seu catamênio. Rodopiou pela casa vazia a limpar e cozinhar o que já estava limpo e cozinhado. Mirou a cama, agoniada. Deitou quando não lhe restavam mais outros atos, a madrugada já avançada. E dormiu, pupilas fixas no globo leitoso que quebrava a luz no teto.

Quando voltou a descerrar as pálpebras, a Escuridão estava lá. Seu próprio corpo era uma cela, e o grito não ultrapassou a sua garganta. Não queria enxergar, mas os olhos eram mariposas para aquela não-luz. A Escuridão era uma sombra disforme, pendurada na porta do quarto. Era uma fenda no ar, vácuo que lhe sufocava a voz. Era um defeito na realidade, uma silhueta que mal lembrava uma pessoa. Mas estava lá e a observava de volta, com olhos que não eram olhos. Começaram os sussurros, como das outras vezes, ainda tênues demais para discernir palavras. Chorou, e as lágrimas que escorreram para dentro dos seus ouvidos afogaram os cicios. A Escuridão permaneceu, e sentia que os minutos se espichavam em horas, as horas se alongavam em semanas, as semanas se esticavam em anos. Presa dentro de si por uma eternidade. Quando os primeiros raios de sol tocaram a cama, a Escuridão não estava mais lá.

Liberta, ergueu-se e foi preparar o café. Mexeu a caneca com uma colher, enxergando seu reflexo nos anéis negros que se formavam. Tomou o ônibus e foi trabalhar, incerta de qual dia era aquele. Encasacou-se dos mesmos olhares e repetiu os mesmos desenhos para o cliente que nunca estava satisfeito. Mudava uma cor, um ponto aqui, um traço acolá. Os círculos permaneciam, concêntricos, reflexos de si mesmos. Voltou para casa, seus dedos revolvendo propostas amorosas na tela do telefone, umas novas, outras antigas. Viu outras mulheres, tão parecidas consigo própria, sorrisos desalegres a se repetir em ciranda. Ignorou as imagens e descrições, rostos que se borravam em um só, e bastou-se com uma mão exausta entre as coxas ao tomar banho. Apanhou um punhado de comprimidos achatados na palma da mão e os levou à boca. Lavou-os goela abaixo com duas doses de bebida forte. Foi dormir.

Despertou com o disco lunar lançando sua luz cinza pela janela. Era mais uma vez refém de si mesma, braços e pernas desobedientes. Algo lhe sequestrava o olhar. A Escuridão estava mais próxima agora, um tremeluzir de trevas ao pé da cama. Forçou a boca a se abrir até ouvir o maxilar estalar, mas nem a dor foi capaz de empurrar o grito para fora. Sentia o ar adensado ao seu redor, pesando sobre si qual mortalha de chumbo. A Escuridão era um óleo opaco que manchava sua vista. Era um corpo negro, retorcido, espasmódico, irrequieto. Via agora seus membros esquálidos e nodosos, bulindo-se descontrolados, torcendo e quebrando a si mesmos. O ar grosso custava a adentrar seus pulmões e ela desejava que parassem de bombear. Os sussurros eram agora palavras, quase inteligíveis. Não queria compreendê-las. Mas elas iam e voltavam, dando voltas e mais voltas em sua cabeça. Conseguiu gemer. Surpresa consigo mesma, percebeu que a alvorada invadia seu quarto. A Escuridão não estava mais lá.

O café lhe soube amargo nos lábios e ela atirou longe a caneca. A asa partiu-se, mas o copo resistiu incólume, girando para lá e para cá. Girando como a catraca do ônibus que lhe entregava aos homens e seus sorrisos. Girando como os desenhos em seu computador, incompreensíveis até para si mesma. Girando como a sua cabeça e o bar ao seu redor, rostos estranhos que não compreendiam suas lágrimas. Girando como as coisas que havia despejado de si na privada, após apertar a descarga com dedos trêmulos. Tudo girava e ela era um círculo em volta de si mesma, encolhida como um feto sobre o assoalho frio do banheiro. Arrastou-se para a cama como se caminhasse para o cadafalso. Piscou e já não era mais senhora de si. A Escuridão surgiu da porta do quarto, estrebuchando, pulsante, entronchando-se qual mamulengo quebrado. Era um ponto cego na existência. Era uma negação da vida. Inexorável, seu corpo escuro agora se curvava sobre o da mulher, presa à cama e a si mesma. Pesava como o mundo pesa sobre os ombros de quem o carrega. Já não respirava mais e não queria também, pois seus olhos não deixavam de enxergar. A voz gritava em seus ouvidos, mas ela só conseguia ver. Enxergou a face daquela treva. Foi seu próprio rosto que emergiu das sombras, guinchando em seus ouvidos, deitando verdades terríveis como uma bile negra. Sua boca dilatou-se em um buraco tetro que se alargava mais e mais até que não restou mais nada. E então o dia trouxe luz.

A Escuridão desmanchou-se em seus olhos e ela piscou, desperta. Tornou a sentir a si mesma e, por conseguinte, a cama onde seu corpo repousava. Era como se a própria vida, antes fugitiva, voltasse a peregrinar por seus membros entorpecidos. Olhou para baixo e cartografou o seu corpo, o vale que era seu ventre surgindo entre os seios em intervalos regulares. Não mais sentia aquela mão que lhe empurrava o peito, até que o ar se recusasse a transitar dentro de si. Pernas e braços expulsavam a rigidez de cadáver e ela percebeu, espantada, que vivia. Denunciava-se o coração em batidas cada vez menos urgentes. Vivia, mesmo. Perguntou-se mais uma vez por quanto tempo suportaria aquelas noites de terror que pareciam jamais findar.

Travessia

Os remos tocaram a água e empurraram o mundo para trás. Sharon foi trazendo o barco para o Norte, compensando a correnteza que arrastava rumo ao mar. Descrevia um arco largo de um lado ao outro do rio, a curva se mostrando a única distância possível entre dois pontos. Sentados ao redor, meninos e meninas tagarelavam sonolentos em seus uniformes, bem distribuídos para melhor lastrear a embarcação. Falavam do São João da escola, das comidas de milho que deviam trazer, as meninas imaginando os vestidos, os meninos imitando o pipoco dos fogos, elas e eles comentando a quadrilha. Quem haveria de dançar com quem, quem havia ficado sem par, quem ia ficar sozinho na festa. Sharon escutava, fingindo que não, remando em silêncio e assim permanecendo. Encostou no cais de madeira, degraus que subiam pela margem de pedra, ombreada de plantas. Desembarcou as crianças pela mão, uma por uma, e pela mão recebeu também o dinheiro que ajudava a engordar a pochete.

A manhã trouxe outros passageiros, indo e voltando. Sharon levou enfermeiras a um hospital próximo e freiras saídas de um convento. Também um pedreiro calado, uma cabelereira que falava para o vento, um homem suando dentro do paletó, bíblia debaixo do braço. Encerrou ao meio-dia e foi para casa almoçar, entregando o barco ao substituto e dando as costas ao rio. Dos fones de ouvido saía a música que lhe ritmava os passos, como que lhe convidando a dançar ali mesmo, no meio da rua. Sharon sempre declinava, ciente demais da estatura exagerada, dos braços musculosos demais, dos olhares. Às vezes soltava o cabelo, curto como era, quase sempre asfixiado em um rabo-de-cavalo apressado. Não queria ser confundida com homem. Desejava diminuir, passar desapercebida. E assim desejando, caminhava por entre as pessoas, os ombros largos a lhe impor passagem.

Em casa, a mãe lhe pôs o almoço na mesa, atarefando-se pela cozinha. Mal havia engolido o último bocado, o pai chamou do quarto. Sharon sentou-se ao pé da cama, agoniada de ver o velho daquele jeito, escornado em cima de um colchão. Sabia o quanto lhe custava deixar-se ali, inválido de dores nas costas, incapaz de remar o sustento da família. Mas o médico havia proibido e Sharon agora manejaria o barco, não apenas pelas manhãs como havia feito até então. Queria lhe ter dado uma vida melhor, mas só o que tinham era aquela travessia do Capibaribe e nada mais. Era ainda o rio que trazia dinheiro para casa e punha comida na mesa. E àquilo se resumia a vida, não adiantava reclamar. O homem coçou os bigodes cinzentos e observou a filha. Tinha lhe dado nome de atriz de filme americano, galega, feito uma rosa amarela desabrochada. O que veio foi um mamoeiro, desengonçado e grandalhão como ele mesmo.

Antes houvesse puxado à mãe, mas aí também quem iria pilotar? Deus sabia o que fazia.

Pediu que Sharon se achegasse mais, puxou a cabeça suada para um beijo de bênção e mandou que prestasse atenção. Falou do que precisava ser consertado, no barco e no cais onde vinha atracando há gerações. Desembestou a falar do pai e depois do avô, e mesmo do bisavô, todos eles fazendo a vida ali naquela travessia. Haviam morrido entre os remos, fazendo a embarcação de ataúde, ao menos até que algum cristão encontrasse e retirasse o corpo. Nenhum deles tinha sido reduzido a uma cama, a se entrevar dentro de casa, apartado do rio e do ganha-pão. Virou o rosto para a parede descascada e Sharon fez o mesmo, fingindo que não via as lágrimas. Ouvia calada, observando de esguelha a barriga saliente, as pernas feito troncos, os braços grossos feito os seus. Cresceu acostumada a ver o pai arrastando o barco a seco com uma mão só e levando saca de farinha na cabeça. Nem a cachaça o botava na cama.

O velho pigarreou, fez careta de dor e desenganchou a voz da garganta. Agora que ela ia remar o que ele remava nos bons tempos, havia de saber umas coisas sobre o último turno do dia. Encerrando às nove da noite, como há décadas se fazia, uma tranquilidade. Não tinha sol batendo no quengo, nem zoada de carro na avenida. Era família que voltava do culto, algum doido carregando uma bicicleta, às vezes uma moça de saia curta e rosto pintado demais, e cada um ganhava a vida como podia e ele não tinha nada a ver com aquilo. Mas tinha também o Moço de Cartola. Sempre o último passageiro, sua presença encerrava os trabalhos do dia. Às vezes aparecia, às vezes não. Mas, quando o fizesse, Sharon havia de ser educada, atravessá-lo de lado a lado e não cobrar pagamento. Era assim mesmo e ela que não questionasse. E nem muito menos aceitasse convite de festa, que não tinha criado a filha daquele jeito.

Sharon voltou ao rio, dando pouca atenção a esse último conselho do pai, primeiro porque achou que o velho variava, segundo porque nunca lhe haviam chamado para coisa alguma, não ia ser um estranho que o faria. Pôs-se a remar enquanto o sol afundava no manguezal, passando gente de uma margem à outra. Levou uma mulher com um cão doente no colo, e também um cego que embarcou sem perder o equilíbrio. Encheu o barco de bailarinas, rosas e enfeitadas como confeitos. Viu a si mesma em casa, porta fechada e fones nos ouvidos. Rodopiava para lá e para cá, embalada pelo ritmo que saía do celular, em silêncio para o resto do mundo. Seu movimento então não era a monotonia constante do remar, mas as passadas leves que inventava, conjugando as batidas com os pés. A mãe gostava de observá-la assim, tão menina, com aquele tamanho todo, e sorria como se lembrasse de algo distante. O pai já a havia surpreendido a dançar uma vez, do que resultou um silêncio tácito entre ambos, acabrunhado, de quem quer falar mas não sabe usar as palavras. Queixa não houve, mas desde então evitava.

O Capibaribe era agora uma serpente negra agarrotando a cidade. Pacífica, numa noite sem chuva como aquela. Já a vira furiosa, açodada em sua carreira à procura do mar, sem respeitar os limites da própria margem. Ali era de uma lisura asfáltica, uma ou outra embarcação trafegando-o com suas lanternas, seus pilotos cumprimentando Sharon com um aceno. Pensou que talvez fosse hora de pôr-se a seco, quando o viu. Uma silhueta alta na margem oposta, a erguer o braço lentamente. Remou em sua direção, de costas à proa do barco e ao homem que descia a escadaria devagar. Via-o com o canto dos olhos e sentia sua presença com a nuca. Encostou com suavidade e virou-se para permitir entrada. Ele lhe deu boa noite com um sorriso e foi se sentar na popa, justamente onde ela iria lhe sugerir, como se aquele lugar lhe pertencesse. Manejando os remos, tinha mais uma vez o destino atrás de si, o passageiro à sua frente. Não tinha como não o olhar.

O que viu foi um moço muito do aprumado, como diria a sua mãe, ainda que meio esquisito. Eram as roupas, que percebia antigas, embora não soubesse dizer de quando. Usava casaca e calças escuras, colete de botão e um chapéu alto, o conjunto todo muito elegante, ainda que deslocado. Achou bonito o bigode fino e bem aparado no rosto jovem, mas era pálido demais. O que tinha de branco, possuía de simpático. Falou das corridas de cavalo no prado, dos poucos réis que nelas havia ganhado, dos muitos contos que ali também havia perdido. Disse que tinha lá seus negócios no Cais do Colégio, vendendo algodão para as repúblicas platinas, negociando com os estrangeiros que flanavam pela Lingueta. Sharon entendia muito pouco do que ouvia e nada respondia, acostumada ao próprio silêncio e à falta de interesse habitual dos passageiros. Quando encostaram na outra margem, deu-lhe a mão para ajudar no desembarque, sentindo-a gélida contra a sua.

— Pois me diga então como vai o velho Duarte.

— Painho quase não sai da cama agora.

— Uma lástima. E Justino gosta tanto de dançar.

— Dançar? Aquele lá? Que história.

— Já fomos a muitos bailes juntos. E agora me despeço.

Deu boa noite e saiu caminhando pela rua mal iluminada pelos postes, a bengala elegante batendo levemente nos ladrilhos. Sharon ficou olhando até que ele se perdeu na escuridão da distância.

***

Achegou-se da fogueira, as chamas agigantando ainda mais a sombra que lançava ao chão. Havia cansado de ficar sentada, mas dançar que era bom, nada. Sobrava vontade, faltava convite. As crianças corriam para cima e para baixo na rua, vestidas de matutas, vigiadas pelas cadeiras na calçada e os pais junto a elas. De vez em quando, uma chuva de centelhas coloridas brotava de uma das mãozinhas, como fadas concedendo desejos com suas varinhas. Os meninos mais velhos se entregavam aos pipocos, fazendo duelos de traques de massa, estourando rojões, soltando peidos-de--velha. Sharon olhou para o pai, posto por ela mesma em uma poltrona antiga, a observar a festa, um milho verde meio roído no colo. Não demorava e mudava a posição do corpo com uma careta de dor, sem se queixar. E acompanhava com um olhar distante as danças entre os mais jovens, a esposa ao lado a fuxicar com as vizinhas.

Haviam conversado mais cedo, no diálogo próprio que entre eles se desenvolvia, mais silêncios do que palavras. Perguntou do Moço de Cartola, de suas roupas estranhas e antigas, da pele fria ao toque. O pai suspirou, franziu a testa, ajeitou-se na cama, coçou os bigodes e falou. Disse logo que era coisa do outro mundo, que não era dado a arrodeios. O homem aparecia quando queria e fazia a travessa, sempre muito elegante e conversador. Era encantamento, mas ele ia fazer o quê? Pior era negar. Havia sido assim com o seu pai, com o pai do seu pai e achava que com o bisavô também, embora não o tenha conhecido. O rio tinha dessas coisas. Mal não fazia, e era até uma companhia naquele silêncio da noite. Sharon quedou-se ainda mais tácita, possível fosse, considerando aquela história. Mais nova e mais crédula, diziam que ela só tinha tamanho e leseira. Não queria dar motivo, mas também não lhe cabia desacreditar do pai. Na dúvida, perguntou do baile.

Achou primeiro que fosse dor na face vincada do pai, depois entendeu que era constrangimento mesmo. Sob o peso dos olhos da filha, o homem desembuchou. Dinheiro o moço encantado não tinha, mas pagava de outras formas. Havia uma festa ali no manguezal que margeia o Capibaribe, cujo acesso só ocorria mediante convite. Desde rapazinho até a idade lhe roubar as forças, havia frequentado, ali guiado pelo

Moço de Cartola. E a festa era boa demais, animada que só ela, cheia de tudo que era qualidade de gente. As árvores se enfeitavam de candeeiros e aquele povo dançava, deslizando os pés pela lama escura, espantando os caranguejos de suas locas. E Justino não conseguiu esconder um brilho nos olhos ao descrever as noites que ali passara, sentado junto a uma mesa, comendo e bebendo do melhor, mas sem dançar. Bom de valsa havia sido seu pai, também Justino, que um dia não voltou mais para casa.

A mãe se resignou, achando que o homem havia corrido atrás de alguma saia, mais nova e menos amarrotada que a sua. Mas o filho sabia que não. Justino pai lhe havia falado do baile e alertado o menino que não fosse, que se fosse não dançasse. Ignorou o próprio conselho e se deixou ficar, batendo palmas para a banda, pisando a lama em concordância com a zabumba, até começar a bailar. Aí não havia mais jeito, encantou-se também, e do mangue não voltou mais. Sharon ficou olhando, sem saber se dava crédito. Pensou na tristeza da mãe, de saber que o marido, além de inválido, agora estava doido. Guardou silêncio. O pai pediu pelo amor que ela lhe tinha que não fosse ao baile, que já lhe havia custado o avô, que ela tivesse o juízo que a ele faltou. Sharon baixou a cabeça e encolheu os ombros largos. O que lhe passava pelo coração, por lá mesmo permaneceu. Nunca na vida havia sido chamada para uma dança, não seria agora. Voltou a prestar atenção na festa, vendo a quadrilha se formando junto à fogueira. Permaneceu sentada, batendo o pé para a música.

***

O costume não demorou a aparecer, e, quando o fez, foi para ficar. O Moço de Cartola aparecia quando bem queria, falando coisas do Império, de escravos aquilombados no interior, de uma vida em tudo muito estranha a ela. Gostava de escutar e já não estranhava tanto. Havia noites em que derrotava o mutismo e falava algo de si. Que não havia dado para os estudos, desconfortável nas bancas da escola, a observar o cocuruto dos outros estudantes. Preferia remar, ali fazendo-se senhora de um exíguo território flutuante, onde não lhe chamavam galalau nem pé-de-bambu. E passava os dias na mesma cadência, a bem dizer uma que discordava da música que lhe preenchia os ouvidos, mas nem ligava. O homem escutava, muito atento, e nessas horas parecia que o Capibaribe se alargava, que a correnteza teimava um pouco mais, que a travessia se desapressava. E Sharon ia contando de sua vida, como se houvesse represado as histórias por tempo demais dentro de si, o silêncio lhe esticando a figura através dos anos. Dizia dos pais que a enxergavam casada e com filhos, continuando o negócio da família. Do lixo que a acostava no rio, sapatos que jamais encontrariam seu par, bonecas desprovidas de olhos, sofás inteiros onde apenas os guaiamuns se sentavam. Do gosto pela dança.

Falou das festas que frequentava no clube do bairro, aos sábados. Começava cedo, coisa organizada, e não se tolerava safadeza. Ali se deixava ficar, encostada em alguma pilastra, observando os casais rodopiando pelo salão. "E não tem um rapaz que lhe dê a mão?" Tinha nada. A bem da verdade, Sharon também não dava trela. Era cada um mais besta que o outro, se arrebanhando pelos cantos, olhando o movimento e trocando risadagens. A maioria mal sabia dançar. Tinha um lá que parecia até que sabia mexer os pés. Bonito não era. Magrelo, cabelo descolorido, parecia mais que um pombo lhe tinha cagado a cabeça. E um bigodinho fino, dois pelos para lá, três para cá em cima do beiço. Mas dançava. Quando a música desapressava, ele se encostava em alguma menina e sabia conduzir. Mas e então? Já a tinha encarado, de muito longe, e só. Nunca havia cruzado o salão para lhe estender a mão, como já havia feito com tantas outras. O Moço de Cartola desceu do barco em um silêncio para ele improvável, sua mão gélida ainda apertando a de Sharon. Finalmente, a olhou nos olhos e convidou a um baile.

Vieram logo as palavras do pai no juízo. Abriu a boca para recusar, e o que deixou seus lábios foi um aceite. O homem sorriu e voltou ao barco, subitamente elevado à posição de navegador. Sentado à proa, foi mostrando o caminho rio adentro, as luzes dos arranha-céus rareando, junto à zoada dos carros. Encostaram numa margem de mangue e o Moço tomou de um lampião pendurado em uma árvore, luz que Sharon jamais havia visto noite nenhuma, e não era a primeira vez que remava por aquelas paragens. Seguiram mata adentro, os xiés fugindo de suas passadas, entocando-se na lama, correndo pelas raízes das árvores. A música veio primeiro, carregada pela brisa, para depois se deixar acompanhar pelas luzes. Bruxuleavam por entre os galhos, pintando sombras intrincadas no chão. A caminhada não lhe fez medo, e, quando deu por si, Sharon se viu na festa. Voltou-se em derredor, desconfiada dos próprios olhos, piscando para as lanternas pingentes.

Atinou logo para a banda, encarapitada em um tablado de madeira, rodeada pelo povo a dançar. Viu mesas e cadeiras também, de uma madeira que se entrelaçava em si mesma, como que brotada do próprio mangue. Sentiu os dedos frios do Moço de Cartola sobre a pele enquanto ele lhe puxava para cá e para lá, passando de grupo em grupo, apresentando Sharon como se a barqueira fosse uma velha amiga. Eram homens e mulheres, de roupas tão estranhas quanto as do seu guia, embora diferentes. Viu uma mulher muito bonita, de cabelo armado e saia idem, empinada não sabia como, coberta em camadas de pano qual bolo de noiva. Sentou-se junto de um homem forte e alto, quase tanto quanto ela, de roupas simples de algodão cru e marcas de grilhões nos braços musculosos. Dividiu o copo com uma moça de vestido franjado e chapeuzinho redondo, enfeitado por uma fita. Trocou palavras com um rapaz de cabelos compridos, costeletas atrevidas e olhos baixos, que lhe disse ainda se lembrar da dor do pau-de-arara.

A noite caminhou ligeira, no compasso dos dançarinos que riscavam a lama com os pés. Demorou pouco para que alguém lhe desse a mão. Tão abestalhada pelo gesto inédito, Sharon quase aquiesceu, mas recolheu-se. O pai lhe veio, as caretas de dor, as advertências, e ela se deixou ficar sentada mesmo. Olhava os casais, trajes que descombinavam entre si, mas um ritmo bom que colava o corpo no outro feito um só. E era homem com homem e mulher com mulher também, bailando pela madrugada em um passo próprio, como se cada par escutasse uma música diferente. Sharon martelou os dedos na mesa, bateu o pé no chão, e levantou-se para partir, com medo de acabar dançando. Despediu-se dos companheiros e o Moço de Cartola lhe guiou para fora do mangue até a margem onde o barco permanecia amarrado. Voltou para casa e se aprontou para dormir, pensando que estava tão doida quanto o pai. Ela que não era doida de voltar ali. Ajeitou-se na cama curta, fechou os olhos e rezou para ser convidada novamente.

***

Sharon remava os dias pensando nas noites de baile, que aconteciam sem aviso ou explicação. Era agora *habitué* do lugar, como lhe havia dito um poeta de terno branco e óculos redondos, um sorriso detrás do cavanhaque bem aparado. Ele e outros lhe chamavam para suas mesas, contavam suas histórias e pediam as suas próprias. Falava pouco, mas escutava muito. Ouviu sobre a dona de pensão e o namorado marinheiro, que num acesso de ciúme lhe havia arrastado ao mangue, lágrimas nos olhos e uma faca prateada na mão. E também do brabo que flanava pelo centro, bengala pesada a impor respeito e atrair desafios, de todos eles invicto, até ser atocaiado junto ao rio por um desafeto inconformado com a derrota. Esses e muitos outros agora faziam morada ali, entre as luzes e a música, aguardando o momento de realizarem a travessia. Quando seria, não sabiam, muito menos para onde. De quando em quando sumia um, menos desapegado daquela festa sem fim, mais curioso do que havia além. E ia.

O avô Justino havia se cansado logo e partido cedo, segundo diziam. E não era Sharon cuspida e escarrada a cara do velho Duarte? Devia saber dançar tal e qual. Os convites se sucediam e em sucessão eram recusados. Não havia quem se ofendesse, posto que não havia ali quem ficasse muito tempo sem par. Os bailes seguiam e o mangue se iluminava, ofuscando as varandas e janelas de prédios que dali não se viam. E cada noite trazia uma banda diferente, umas marciais, tocando retretas cadenciadas; outras efervescentes, rasgando frevos nos seus metais. De tudo Sharon sentia vontade de dançar, mas as palavras do pai soavam mais altas que o clarinete ou o contrabaixo. Há tempos desconfiava da filha, que de vez em quando chegava em casa com o cantar do galo e só faltava dormir entre os remos. Mas a conversa era pouca e o recado já havia sido dado. Era melhor não perguntar do que escutar uma mentira. A mãe sorria, enxergando-a menos barqueira e mais mulher.

No clube até já arriscava um pouco mais, um balançado ali, um passinho acolá, dançava consigo mesma ou com alguma amiga, as duas a rir das alturas descabidas. E o rapaz, nada, sempre ali do outro lado do salão, dando-lhe no máximo um rabo de olho de vez em quando. Até no mangue já sabiam dele, e cada um que desse um conselho diferente. Um padre que levantava a batina para dançar junto às coristas sugeriu conversar com sua amiga, a sufragista. A mulher deu uma baforada em sua piteira e a encarou séria antes de falar. Esse mundo não dá nada à mulher, só tira. É ela quem tem que ir lá e arrancar, ou calar-se em resignação. E isso era pior que a morte, vaticinou, acariciando distraída uma cicatriz apagada na garganta pálida. Sharon se ensimesmou como há algum tempo já se desacostumara. Pensou que havia de fazer algo e era já, pois não suportava mais aquela distância que a separava das pessoas, uma altura que atrapalhava e uma largura pior ainda, por ela mesma cultivada. Desejava cruzar aquele rio.

Uma noite, Sharon pediu a ajuda da mãe e se fez bonita como nunca antes. A velha sorria enquanto lhe desenhava os olhos e lhe pintava a boca, cuidando dos seus cabelos como se menina ainda fosse. Havia crescido rápido e muito, não demorou a transbordar do seu colo magro, cabeça encostada no peito e pés arrastando no chão. Na hora de se despedir, o pai só a reconheceu pela altura, paramentada como estava. Quase esqueceu a dor para pôr-se de pé e lhe beijar a testa. Não queria que a filha se curvasse a ninguém, nem a ele. Sharon adentrou o clube, caminhando como se remasse, cheia de propósito. Os casais já volteavam ao som da música, e ela dançou consigo própria, como fazia com os fones de ouvido em seu quarto. Viu o rapaz do bigode fino e cabelo pintado e decidiu que não esperaria que lhe dessem a mão. Respirou fundo e mandou o coração calar as batidas, que estavam descompassando a canção. Caminhou pelo salão, segura de que queria fazer aquela travessia.

Assomou-se ao rapaz e seu grupo com um sorriso no rosto. Estendeu a mão para baixo e convidou-o a dançar. Ele olhou para cima, como se a enxergasse pela primeira vez, ali na sua frente, tão inevitável. E então danou-se a rir. Os amigos o arremedaram, torcendo-se, dobrando-se em espasmos. Sharon sentiu uma coisa crescendo na boca do estômago, não sabia se fria ou quente, a mão ainda suspensa no ar. Quando ele retomou o fôlego, mediu-lhe de cima a baixo, exagerado. Ela estava achando o quê? Ele por acaso era uma faxineira, para se abraçar a uma vassoura de piaçava daquelas? Ela prestava para roubar manga do vizinho e olhe lá. Os risos continuaram e a mão aberta de Sharon se fechou em punho. O nariz se partiu com o murro, um arco de sangue sustenido no ar. O rapaz caiu para trás, estabacando-se entre mesas e cadeiras, a camisa tingindo-se de vermelho. A música morreu e os casais pararam, todos os olhos sobre aquela mulher alta demais, dedos ainda cerrados. Apontavam e comentavam entre si, sussurros amplificados pelo silêncio. Sharon se viu como eles a enxergavam. Correu.

Disparou pelas ruas do bairro, sapatos esquecidos no meio do caminho, buscando onde atracar em segurança daquela tempestade que estrondeava dentro de si. Os passos cegos a levaram ao cais, onde flutuava o velho barco, colcha de retalhos da família, tantas vezes emendado e remendado. Ali salgou o Capibaribe com seu pranto. Só parou quando viu o Moço de Cartola na outra margem. Empunhou os remos e fez a travessia. Ele enxugou suas lágrimas com dedos feitos de gelo e apontou para o manguezal. Partiram. Em silêncio se despediu dos pais e adentrou a mata, em busca de luz e música, e de um fim para aquela dor. Não saberia dizer quem lhe havia dado a mão primeiro, mas aceitou logo. E naquela noite ninguém dançou mais do que Sharon, girando nos braços de uns e outras, sendo conduzida e conduzindo também. O dia raiou e o barco permaneceu vazio. Não demorou para o antigo atracadouro ser demolido, as madeiras partidas a apodrecer no fundo do rio. Em seu lugar foi erguida uma ponte, de concreto como os edifícios que a rodeavam, apartada da água que corria embaixo.

Deram-lhe o nome de Travessia.

FREDERICO TOSCANO

é recifense e historiador. Lançou a obra *À Francesa: a Belle Époque do Comer e do Beber no Recife*, pela qual recebeu o terceiro lugar na categoria Gastronomia do Prêmio Jabuti de Literatura, em 2015. Em 2019 publicou seu primeiro livro de contos de horror, *Carapaça Escura*, pela Editora Patuá. Possui muitas outras obras de fantasia, horror e ficção científica à espreita em suas gavetas.

Foto: Vanessa Lins.

este livro foi publicado

no inverno

de 2021